中华精神家园
博大文学

诗的国度

诗的历史与艺术特色

肖东发 主编 罗 洁 编著

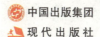
中国出版集团
现代出版社

图书在版编目（CIP）数据

诗的国度 / 罗洁编著. — 北京：现代出版社，
2014.10（2020.01重印）
　　（中华精神家园书系）
　　ISBN 978-7-5143-2978-0

　　Ⅰ．①诗… Ⅱ．①罗… Ⅲ．①古典诗歌－诗歌史－中
国 Ⅳ．①I207.209

中国版本图书馆CIP数据核字（2014）第236511号

诗的国度：诗的历史与艺术特色

总 策 划：	陈　恕
主　　编：	肖东发
作　　者：	罗　洁
责任编辑：	王敬一
出版发行：	现代出版社
通信地址：	北京市定安门外安华里504号
邮政编码：	100011
电　　话：	010-64267325 64245264（传真）
网　　址：	www.1980xd.com
电子邮箱：	xiandai@cnpitc.com.cn
印　　刷：	山东省东营市新华印刷厂
开　　本：	710mm×1000mm　1/16
印　　张：	11
版　　次：	2015年4月第1版　2020年1月第3次印刷
书　　号：	ISBN 978-7-5143-2978-0
定　　价：	40.00元

　　党的十八大报告指出："文化是民族的血脉，是人民的精神家园。全面建成小康社会，实现中华民族伟大复兴，必须推动社会主义文化大发展大繁荣，兴起社会主义文化建设新高潮，提高国家文化软实力，发挥文化引领风尚、教育人民、服务社会、推动发展的作用。"

　　我国经过改革开放的历程，推进了民族振兴、国家富强、人民幸福的中国梦，推进了伟大复兴的历史进程。文化是立国之根，实现中国梦也是我国文化实现伟大复兴的过程，并最终体现为文化的发展繁荣。习近平指出，博大精深的中国优秀传统文化是我们在世界文化激荡中站稳脚跟的根基。中华文化源远流长，积淀着中华民族最深层的精神追求，代表着中华民族独特的精神标识，为中华民族生生不息、发展壮大提供了丰厚滋养。我们要认识中华文化的独特创造、价值理念、鲜明特色，增强文化自信和价值自信。

　　如今，我们正处在改革开放攻坚和经济发展的转型时期，面对世界各国形形色色的文化现象，面对各种眼花缭乱的现代传媒，我们要坚持文化自信，古为今用、洋为中用、推陈出新，有鉴别地加以对待，有扬弃地予以继承，传承和升华中华优秀传统文化，发展中国特色社会主义文化，增强国家文化软实力。

　　浩浩历史长河，熊熊文明薪火，中华文化源远流长，滚滚黄河、滔滔长江，是最直接的源头，这两大文化浪涛经过千百年冲刷洗礼和不断交流、融合以及沉淀，最终形成了求同存异、兼收并蓄的辉煌灿烂的中华文明，也是世界上唯一绵延不绝而从没中断的古老文化，并始终充满了生机与活力。

　　中华文化曾是东方文化摇篮，也是推动世界文明不断前行的动力之一。早在500年前，中华文化的四大发明催生了欧洲文艺复兴运动和地理大发现。中国四大发明先后传到西方，对于促进西方工业社会的形成和发展，曾起到了重要作用。

　　中华文化的力量，已经深深熔铸到我们的生命力、创造力和凝聚力中，是我们民族的基因。中华民族的精神，也已深深植根于绵延数千年的优秀文化传统之中，是我们的精神家园。

　　总之，中华文化博大精深，是中国各族人民五千年来创造、传承下来的物质文明和精神文明的总和，其内容包罗万象，浩若星汉，具有很强的文化纵深，蕴含丰富宝藏。我们要实现中华文化伟大复兴，首先要站在传统文化前沿，薪火相传，一脉相承，弘扬和发展五千年来优秀的、光明的、先进的、科学的、文明的和自豪的文化现象，融合古今中外一切文化精华，构建具有中国特色的现代民族文化，向世界和未来展示中华民族的文化力量、文化价值、文化形态与文化风采。

　　为此，在有关专家指导下，我们收集整理了大量古今资料和最新研究成果，特别编撰了本套大型书系。主要包括独具特色的语言文字、浩如烟海的文化典籍、名扬世界的科技工艺、异彩纷呈的文学艺术、充满智慧的中国哲学、完备而深刻的伦理道德、古风古韵的建筑遗存、深具内涵的自然名胜、悠久传承的历史文明，还有各具特色又相互交融的地域文化和民族文化等，充分显示了中华民族的厚重文化底蕴和强大民族凝聚力，具有极强的系统性、广博性和规模性。

　　本套书系的特点是全景展现，纵横捭阖，内容采取讲故事的方式进行叙述，语言通俗，明白晓畅，图文并茂，形象直观，古风古韵，格调高雅，具有很强的可读性、欣赏性、知识性和延伸性，能够让广大读者全面接触和感受中国文化的丰富内涵，增强中华儿女民族自尊心和文化自豪感，并能很好继承和弘扬中国文化，创造未来中国特色的先进民族文化。

青春岁

2014年4月18日

强劲滥觞——先秦时期诗歌

上古时期唱响的歌谣诗　002

最早的诗歌总集《诗经》　010

楚辞的产生与辉煌成就　017

承前启后——汉代诗歌

汉代乐府民歌的内容和成就　024

长篇叙事诗《孔雀东南飞》　030

乐府文人诗与《古诗十九首》　035

创新发展——六朝诗歌

042　继承中有发展的建安诗歌

048　正始诗人和太康诗人的成就

054　陶渊明开辟田园诗新天地

059　演变中求发展的南北朝诗歌

063　风格迥异的南北朝乐府民歌

成熟繁荣——唐代诗歌

070 过渡和创新的唐代初期诗歌

075 山水田园诗派和边塞诗派

081 韦应物和柳宗元诗歌特色

091 李白铸就浪漫主义诗歌高峰

098 杜甫铸就现实主义诗歌高峰

105 百舸争流的中唐诗歌流派

110 白居易大力推进新乐府运动

115 晚唐诗人的创作和诗风变化

开辟新路——宋代诗歌

北宋诗歌风貌的形成与发展 122

黄庭坚和"江西诗派"的成就 128

陆游将爱国主义诗歌推向高峰 132

其他著名诗人的创作成就 137

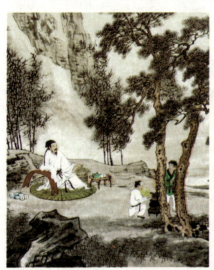

成就斐然——明清诗歌

142 明代初期诗歌呈现勃勃生机

148 复古中徘徊的明代后期诗歌

154 清初遗民诗和中期诗歌理论

159 与时代同呼吸的清代后期诗歌

诗歌是我国最早的文学形式之一，在远古时期，我们的祖先在从事繁重的集体生产劳动时，为了协调动作和减轻疲劳，每每发出有节奏的劳动呼声，那种自然而顺畅的韵律就是诗歌的起源。

先秦时期诗歌包括原始社会歌谣、《诗经》《楚辞》以及春秋战国时期的一些民歌。先秦时期诗歌是我国诗歌的源头，其中《诗经》是现实主义诗歌的源头，而《楚辞》是浪漫主义诗歌的源头，《诗经》和《楚辞》被称为"北风南骚"。先秦时期诗歌以其丰富的内容，完备的韵律，精巧的构思，为我国诗歌文化开了一个水平极高的头，是后代诗歌的滥觞。

强劲滥觞

先秦时期诗歌

关雎

关关雎鸠
在河之洲
窈窕淑女
君子好逑
参差荇菜
左右流之
窈窕淑女
寤寐求之
求之不得
寤寐思服

《诗经·周南·关雎》

上古时期唱响的歌谣诗

歌谣最贴近生活，直接表达了人们的思想感情和意志愿望。最早的歌谣在文字发明以前就已经产生了，当然，那时的歌谣属于口头文学的歌谣。这一类歌谣是我国诗歌的起源。

远古时期，生产力低下，为了生存，人们要集体生活，集体劳动，利用集体的智慧来对付恶劣的自然环境。人们在劳动过程中，如搬运重物，或捕猎大型凶猛的动物时，都会自然而然地从口里发出类似于"杭育杭育"之类的号子，他们一唱一和，同动作的节奏配合以减轻疲劳。

如《淮南子·造应训》中说：

今夫举大木者，前呼"邪许"，后亦应之，此举重劝力之歌也。

后来随着劳动对先民的思维能力、发音器官和语言能力的锻炼发展，有节奏的呼喊逐渐被有意义的语言所代替。这样，一种富于韵调和节奏感的真正诗歌就这样产生了。

再后来作为一种有节奏的语言形式逐渐固定下来，成为先民反映生活、抒发情感的一种特有形式。于是，即便不在劳动场合，它也同样使用，从而显示出上古歌谣的丰富多样性。

上古歌谣尽管比较丰富，但因其是口头创作，没有文字记录，绝大部分没有保存下来，古籍里偶有记载，也多是后人的伪托，比如《南风歌》《卿云歌》《大唐歌》等。

比较接近原始形态或较为可信的上古歌谣，只有《弹歌》《伊耆氏蜡辞》《神北行》《候人歌》及甲骨卜辞和《周易》里的一些卦爻辞所保存的歌谣。

另外，尚有一些目存辞亡的上古乐舞，如《葛天氏之乐》、黄帝《云门》《清角》、舜乐《大韶》、禹乐《大夏》等，代表着先民的重要文化活动，具有重要的参考价值。

■《淮南子》

卜辞 殷朝人占卜的文字记录。殷人占卜，常将占卜人姓名、占卜所问之事及占卜日期、结果等刻在所用龟甲或兽骨上，同时，也刻有少量与占卜有关的记事。

口头文学 口口相传的文学作品，是民间文学的主要流传方式，其内容包括诗歌、故事等。在民间口头文学中，打油诗、民间歌谣、民间故事是数量最多的。我国四大民间传说等就是由口头文学慢慢成形的。

诗的国度

诗的历史与艺术特色

上古歌谣在艺术上的突出特征之一，就是它的集体性、综合性的艺术形式。原始先民的歌谣产生于劳动的韵律，因此，最初歌谣的形态常与原始的音乐、舞蹈结合为一体，其内容大都是生产或狩猎行为的重演仿真，或者是劳动过程的回忆。《吕氏春秋·古乐》记载了葛天氏乐歌的乐舞情形：

昔葛天氏之乐，三人操牛尾，投足以歌八阕。

"三人"说明是集体演唱，"牛尾"是以猎物为道具，"投足"是小步为节拍的舞姿，"八阕"是八支原始歌曲名。从八阕曲名看，与原始宗教、图腾崇拜和生产劳动有关。多人挥牛尾投足而歌的情形，形象说明了上古歌谣多具综合性艺术形式。

葛天氏的乐歌是一面歌唱，一面操着牛尾跳舞。

■ 古代岩画

而在《尚书·尧典》中也说：

■ 舞蹈岩画

予击石拊石，百兽率舞。

　　这描写的是人们将石器之类的工具作为乐器，有
节奏地敲打，然后模仿野兽的姿态跳舞。通过这两则
记述，可以看出最早的歌谣是集歌、舞、乐三位于一
体的，这也就是最原始的诗歌。

　　上古歌谣的第二个艺术特点，是它再现生活的直
接性。上古歌谣源于生活，它对生活的再现是直接
的，即兴的，生活是什么就是什么，纯真自然。

　　这与《诗经》选择典型的生活现象和富于特征的
细节展现现实和抒发情感的现实主义创作方法虽有所
不同，但它明显是《诗经》现实主义精神的源头。

　　《诗经》以前的古歌谣，有一些传说是黄帝、唐
尧、虞舜时代的作品，散见于后代的文献典籍，但大

石器　是指以岩石为原料制作的工具，它是人类最初的主要生产工具，盛行于人类历史的初期阶段。从人类出现直到青铜器出现前，共经历了二三百万年，属于原始社会时期。根据不同的发展阶段，又可分为旧石器时代和新石器时代，也有人将新、旧石器时代之间列出一个过渡的中石器时代。

《弹歌》 选自《吴越春秋》。该书中记载，春秋时期，越国的国君勾践向楚国的射箭能手陈音询问弓弹的道理，陈音在回答时引用了这首《弹歌》。《吴越春秋》为东汉赵晔所著，成书较晚。但从《弹歌》的语言和内容加以推测，这首短歌很可能是从原始社会口头流传下来而经后人写定的。

部分是后人所作，如《击壤歌》《卿云歌》《夏人歌》《麦秀歌》等。

《击壤歌》，据说是一个80岁老人赞美尧帝无为而治的歌谣：

> 日出而作，日入而息。凿井而饮，耕田而食，帝力于我何有哉？

古籍中所保留的古歌谣，虽然出于后人伪记者多，但仍有极少量的质朴歌谣比较接近原始的形态，如《吴越春秋》的《弹歌》，是一首反映原始社会狩猎生活的二言诗，句短调促，节奏明快。原文是：

> 断竹，续竹，飞土，逐肉。

■ 祭祀岩画

■ 先民祭祀场景

　　描写的是先民砍竹、接竹来制造狩猎工具，以及用弹丸追捕猎物的经过和情形。

　　另外还有一首伊耆氏的《蜡辞》，是一首古老的农事祭歌，原文是：

　　　　土反其宅，水归其壑，昆虫毋作，草木归其泽！

　　大意是：风沙不要作恶，泥土返回它的原处。河水不要泛滥，回到它的沟壑。昆虫不要繁殖成灾。野草丛木回到沼泽中去，不要生长在农田里。

　　《蜡辞》带有浓厚巫术色彩的祝辞。它集中反映了原始先民面对地质灾害、洪水灾害、动物灾害、植物灾害等众多自然灾害侵袭时的复杂矛盾心理状态。四句诗，句句既是祈求，也是命令；既是祝愿，也是

　　巫术　是企图借助超自然的神秘力量对某些人、事物施加影响或给予控制的方术。"降神仪式"和"咒语"构成巫术的主要内容。巫术分为黑巫术和白巫术，黑巫术是指嫁祸于别人时施用的巫术，白巫术则是祝吉祈福时施用的巫术，故又叫吉巫术。

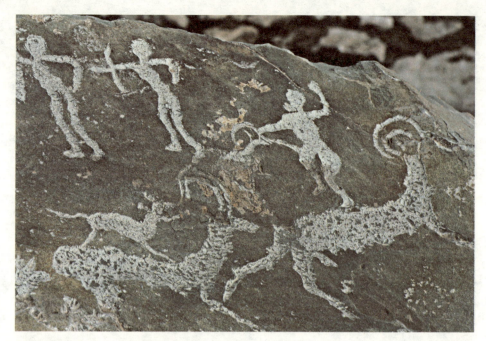

■ 舞蹈岩画

咒语 就是有一定能量的信息。咒在佛教中被称为真言，且广泛运用于佛教典籍。在佛教中，咒或名陀罗尼，亦即总持法门，是诸佛菩萨修持得果之心法结晶。在道教施法仪式中，常有咒语、掐诀、步罡等，它们和书符一起成为道法的基本手段。

诅咒。全诗既反映了原始先民饱受自然灾害侵袭的深重苦难，也反映了他们相信利用巫术咒语能够消除自然灾害的乐观心理。

语言简朴、节奏流畅是上古歌谣第三个艺术特点。上古歌谣语言都极为简朴，大都是二言、三言或四言，复杂的句子很少见。

这首先是因为当时生产、艺术落后，劳动动作简单，劳动节奏短促、鲜明、整齐，因而与之相伴的诗歌也就自然简短。如《弹歌》全诗才八个字，却写出了从制作工具到进行狩猎的全过程。

其次与先民的思想能力和语言水平有关。简单的思维表现为简单的语言，当简单的语言转为诗歌后，自然也简短质朴。

再次是当时艺术表现手法不成熟，单一的叙述手法，没有雕琢，没有夸饰，质朴无华。上古歌谣虽然简朴，但并不平淡寡味，它们的语言精练生动，节奏韵律畅快流动，读起来朗朗上口。

上古歌谣的最后一个显著艺术特点，是以赋为主的表现手法。汉代文人曾把《诗经》的艺术表现手法概括为"赋、比、兴"3种。3种之中，上古歌谣最常用的是赋的艺术表现手法，"比兴"极其少见。

这是因为"比兴"的形成有一个历史和艺术的长期积累过程，而赋是一种即兴式的直接铺陈事物的艺术方法，不需要这个过程，因而它成为我国上古歌谣的基本表现手法。

如《弹歌》用赋法叙述整个过程，《候人歌》直陈涂山氏女候禹不归的焦灼、惆怅之情。不过，在上古歌谣中的直陈中也包含着描写成分，随着直陈中描写成分的增加，有些客观描写便积演成"有意味的形式"，从而具有了艺术意象的"比兴"意义。

如《周易·明夷·初九》以"明夷于飞，垂其翼"起兴，来比喻君子在旅途多日无食，这已和《诗经》里的比兴基本相同。可见，上古歌谣的"赋"的手法，也是后世诗歌创作中比兴等艺术手法的基础与源头。

阅读链接

虽然人类有发声的需要，但为什么要唱歌作诗呢？就诗歌产生的性质而言，有所谓心理起源的说法，即诗歌是人类情感抒发的需要。

人生来就有情感，不管是哀乐还是生活中其他的感受，都需要适当地发泄，而最自然最直接的方式就是歌咏，即诗歌。

在现实生活中，诗歌实在是慰藉心灵、调剂精神、激昂情绪最佳的工具。这也是为什么原始先民在长期枯燥的劳动中，必须借助诗歌来唱出他们心声的原因。

最早的诗歌总集《诗经》

　　《诗经》是我国最早的一部诗歌总集，创作于西周初年至春秋中期，约在公元前6世纪中叶编订成书。

　　《诗经》原来的名字叫《诗》或者《诗三百》。在周代的时候，朝廷有专门采集诗歌的人，他们到全国各地采集诗歌，再汇集至朝廷，从而让朝廷知道各地方的民情风俗。

古书《诗经》

　　那时采集到的诗歌超过3000首，传说经过大圣人孔子的修订，只保留了305首，因此称为《诗三百》。到了汉代，儒家学者把它看作经典，所以称作《诗经》。《诗经》与音乐的关系十分密切，《论语·子罕》记载：

　　吾自卫反鲁，然后乐正，雅、颂各得其所。

这句话的意思是说：孔子说，从卫国返回到鲁国，把音乐整理得合乎礼法，于是《雅》乐和《颂》乐也就能够得到正确的演奏了。西汉史学家司马迁曾经说过："三百零五篇，孔子皆弦歌之。"

《诗经》中的诗歌都是可以入乐歌唱的，它所收集的诗章就是根据音乐的不同而分作《风》《雅》《颂》三部分的。

■ 孔子圣迹之《孔子去鲁图》

"风"是带有地方色彩的音乐，《风》诗是从周南、召南、邶、鄘、卫、王、郑、齐、魏、唐、秦、陈、桧、曹、豳15个地区采集上来的土风歌谣，即《国风》。《风》共有15个地方的《国风》，共160篇。大部分是民歌。

"雅" 是周王朝直辖地区的音乐，称为"正声雅乐"。按音乐的不同又分为《大雅》31篇，《小雅》74篇，共105篇。除《小雅》中有少量民歌外，大部分是贵族文人的作品。

"颂"是宗庙祭祀的舞曲歌词，内容多是歌颂祖先的功业的。《颂》诗又分为《周颂》31篇，《鲁颂》4篇，《商颂》5篇，共40篇。全部是贵族文人的

儒家 又称儒学、儒家学说，或称为儒教，是以奉信孔子为先师，以"儒"为共同认可符号，各种与此相关、或声称与此相关的思想道德准则，是中华文明最广泛的信仰构成。春秋战国时期，孔子在鲁国讲学，以"诗、书、礼、乐、易、春秋"之六经为经典，是儒家的最早起源。

作品。

从时间上看，《周颂》和《大雅》的大部分产生在西周初期；《大雅》的小部分和《小雅》的大部分产生在西周后期至西周东迁时；《国风》的大部分和《鲁颂》《商颂》产生于春秋时期。

《风》是整部《诗经》中的精华，它对上古时期的现实生活作了生动的描绘。有些诗歌展现了当时的社会生活和生产劳动的场景；有些诗歌反映了兵役和劳役给民众带来的痛苦；有些诗歌讽刺了一些官员腐败无耻的生活；有些诗歌则描绘了当时的爱情婚姻生活。

《豳风·七月》是《国风》中最长的一首诗歌。在这首古老的农事诗里，记录了上古先民一年四季所从事的农业劳动，全面反映了当时的农业生产情况。

《国风》中反映爱情婚姻生活的诗篇最集中，艺术成就也最高。这类诗歌或歌唱男女之间相悦相思之情，或赞誉对方的风采容颜，或描述男女幽会时的情景，或感叹弃妇的不幸遭遇。

《关雎》在《国风》中排列第一。这是一首地地道道的爱情诗，

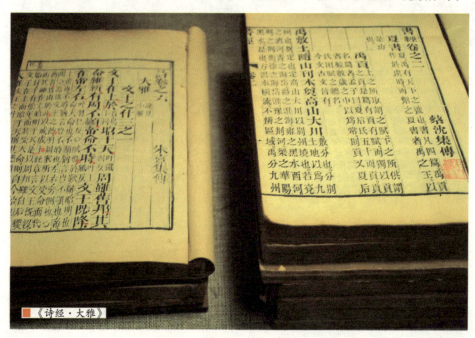

《诗经·大雅》

■ 古人耕种水稻复原图

描写了一名男子在遇到一位采荇菜的女子后油然而生思慕之情，不由得发出"窈窕淑女，君子好逑"的心声，并展开了对爱情的不懈追求，表达了一种争取美满婚姻的愿望。

《汉广》是一首男子求偶失望的诗。全诗皆用比喻和暗示。"南有乔木，不可休思。汉有游女，不可求思"，即是比喻。乔木不可休，游女不可求，实际是比喻所求之女不可得。

《国风》中描写当政者腐败丑恶的诗篇，具有政治批评的意义。总体而言，这些诗歌反映了下层民众对当政者的不满，乃至憎恨情绪，其中《伐檀》《硕鼠》两诗最为著名。

《伐檀》是一群伐木工人在河边砍伐木材时唱出的歌。他们辛勤干活，终日劳累，却无衣无食，而那些所谓的"君子""不稼不穑""不狩不猎"，家里粮食、猎物却应有尽有。诗中伐木工人对这种不劳而获的现象进行了严正的责问和尖锐的讽刺。

《雅》中的《大雅》大多数是王室贵族和朝廷官员以及乐官等所写的歌颂周王朝的诗篇，用于诸侯朝会。《小雅》大多数诗篇出于贵

■ 《小雅》石刻

族文人之手，用于贵族宴会。

《小雅》中的少数诗篇来源于民间，他们或写饥寒之苦，或写征夫之劳，叙事生动，描写细腻。《采薇》是一首写戍边兵士的诗。诗的末章写有"昔我往矣，杨柳依依，今我来思，雨雪霏霏"的诗句，融情于景，以乐景写哀，哀景写乐，倍增其哀，写出了戍卒久役将归的又悲又喜的真实情感。

《大雅》中有5篇史诗极富价值，它们是《生民》《公刘》《绵》《皇矣》和《大明》。这些祭祀诗所涉及的历史，跨越了整个周族从产生到壮大再到立国的一个漫长时期，诗歌中有些人物和事件的发生远在有史记载之前，因此在写定这些长期流传的部族故事中，带有早期神话传说中所特有的想象成分和传奇色彩。

《颂》包括《周颂》《商颂》《鲁颂》三部分。周代初期，人们心中的神灵观念根深蒂固，祭祀是人们表达对神灵崇拜的重要方式，是人们生活中非常重要的一部分，祭祀礼乐由此也变得十分重要。

祭祀歌曲被人们集中收入在《诗经》"颂"中的《周颂》里。这些宗庙祭祀诗主要是歌颂祖先的文治武功，赞美他们的美德善行。

《诗经》不但思想深广博大，而且艺术成就卓越非凡，对后世文学产生了深远的影响。

《诗经》艺术风格朴实自然，《诗经》主要产生于两三千年前以黄河流域为中心的北方地区。北方人民由于自然条件较差，生活勤劳，养成了朴实浑厚的性格，他们的歌唱也就自然表现出重现实、重实际、重真情的思想特征。

《诗经》十分富于现实主义创作精神。《诗经》中超过三分之二的作品是以当时的现实生活为写作素材的，它们真实地反映了当时500多年间的社会生活状况，细腻地描绘了当时普通民众的思想活动和感情世界。

《诗经》采用了多样的艺术手法。《诗经》以古朴的四言诗为主，但并不拘泥于这种句式，而是富有变化，许多诗句常常冲破四言的定格，而杂用二言、三言、五言、六言、七

祭祀 是华夏礼典的一部分，更是儒教礼仪中最重要的部分，礼有五经，莫重于祭，是以事神致福。祭祀对象分为三类：天神、地祇、人鬼。天神称祀，地祇称祭，宗庙称享。祭祀的法则详细记载于儒教圣经《周礼》《礼记》中，并有《礼记正义》《大学衍义补》等书进行解释。

■《诗经》绘画

言乃至八言等。

《诗经》采用最多的艺术手法是赋、比、兴。《风》和《小雅》多用"比""兴"手法，《大雅》和《颂》用得较多的是"赋"。《采薇》就是用"赋"的手法写成的。《氓》一诗中用桑树从繁茂到凋落的变化来比喻爱情的盛衰。

除了采用赋、比、兴艺术手法外，《诗经》还适当地运用夸张、对偶、排比、层递、拟声等多种修辞，使作品摇曳生姿，文采斐然。

《诗经》句式整齐，声调和谐，具有极高的审美价值。结构常采用叠章的形式，各章词句基本相同，每章更换一两个字以表示事物发展的顺序和过程。这种分章叠咏、词句复沓的表现手法，能形成一种一唱三叹的艺术效果。

《诗经》的作者善于选用陈述、感叹、问答、对话、肯定、否定等多种句式，借助句式的多样变化，以恰当而完美的形式表情达意，无形中扩大了句式的容量，增强了诗歌语言的表达效果。

《诗经》奠定了诗歌的优良传统，成为我国传统文学和艺术藏量丰富的宝库，对后世的文学和艺术创作有着非常深远的影响，启发和诱导了一代又一代文人的创作。

阅读链接

《诗经》的作者的成分很复杂，产生的地域也很广。除了周王朝乐官制作的乐歌，公卿、列士进献的乐歌，还有许多原来流传于民间的歌谣。

对于这些民间歌谣是如何集中到朝廷来的，则有不同说法。最流行的说法有两种。一种说法是周王朝派采诗人到民间收集歌谣，以了解政治和风俗的盛衰利弊；另一种说法是这些民歌是由各国乐师收集的。乐师是掌管音乐的官员和专家，他们以唱诗作曲为职业，收集歌谣是为了丰富他们的唱词和乐调。

楚辞的产生与辉煌成就

在春秋时期，楚国兴盛于江汉流域，其后日益强大，雄踞南方。楚民族性格活泼，爱好音乐舞蹈，民间盛行巫风，在祭祀鬼神时一定要唱巫歌，于是产生了以巫文化融合中原文化为基础的楚文化。

在楚国，上自楚王，下至百姓，都相信鬼神，喜欢祭祀，把人间的一切活动告知鬼神，祈求鬼神降福于他们，如此浓厚的巫风自然充斥着迷信的成分。但同时，其中大量神奇瑰丽的神话传说，不仅给文学创作提供了丰富的素材，而且也启发着诗人们的想象。

战国后期，以屈原

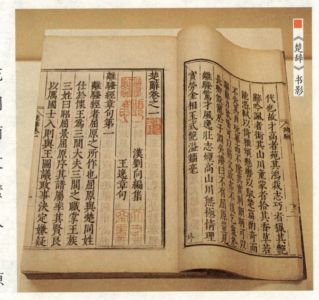

《楚辞》书影

大夫 古代一种官名。西周时期以后先秦时期诸侯国中，在国君之下有卿、大夫、士三级。大夫世袭，有封地。秦汉时期以后，朝廷有御史大夫、谏大夫、中大夫、光禄大夫等。唐宋时期有御史大夫及谏议大夫之官。清代高级文职官阶称大夫，武职则称"将军"。

为首的楚国诗人创作了一种新的诗体，这就是楚辞。楚辞"书楚语，作楚声，纪楚地，名楚物"，具有十分浓厚的地方色彩。

"楚辞"之称，始见于西汉，汉成帝时，文学家刘向在前人纂辑的基础上，集录屈原、宋玉诸作及后人模拟之作为一书，统题为《楚辞》。《楚辞》主要以屈原作品为主。

楚辞是《诗经》之后古代诗歌的又一座高峰。风格独特的楚声、楚歌为楚辞的产生提供了丰富的养料，此外，南北文化的交流和融合也对楚辞的产生有着重要作用，还有，《诗经》的思想以及表现方法也对楚辞产生了一定的影响。

屈原是楚辞体产生的最重要、最伟大的创造者。屈原，公元前340年出生于楚国的贵族之家，与楚王同姓。屈原是一个有大才的人，他才高学博，善于应

■ 清代黄应谌作品
《屈原卜居图轴》

对，具有远大的政治抱负。

屈原在从政初期，身居要职，受到楚怀王的高度信任，能左右国家的政策，可以施展他匡世济民的雄才大略。然而，屈原在做官的道路上并不是一帆风顺的，而是充满了波折。当他踌躇满志之时，他的政敌上官大夫等向他发难，在楚怀王面前极力诋毁他。

■ 屈原画像

楚怀王是一个偏听偏信的国君，他听信谗言，开始疏远屈原，而屈原又不肯委屈自己，最后丢掉了官职。从那以后，屈原前后两次遭到放逐。第二次放逐后，屈原一直过着颠沛流离的囚徒生活，可是他依然坚持理想，不肯放弃。

公元前278年，秦国军队攻陷楚国的郢都。流放中的屈原得知亡国的消息，极其愤懑，理想破灭了，又走投无路，就自沉汨罗江，含愤离开了这个世界。

屈原的作品，《汉书·艺文志》著录为25篇，东汉时期王逸的《楚辞章句》也确定屈原作品为25篇，包括《离骚》《九歌》（11篇）、《天问》《九章》（9篇）、《远游》《卜居》《渔父》。

以《离骚》为代表的这些作品，奠定了屈原在文学上的崇高地位。《离骚》是古代最长的政治抒情诗。全诗长达373句，有2477字。

在《离骚》这首长诗中，屈原以浪漫奇特的构思

《汉书》 又称《前汉书》，是我国第一部纪传体断代史，《二十四史》之一。《汉书》与《史记》《后汉书》《三国志》并称为"前四史"。全书主要记述了上起公元前206年，下至公元23年，共230年的史事。

和深沉悲愤的激情，结合自己的身世遭际，塑造了一位血肉丰满的抒情主人公形象，表现了丰富深刻的思想和卓越精湛的艺术。

诗中主人公实际上就是现实中的屈原自己，因此，《离骚》一诗可以看作屈原的自叙。

根据《离骚》的基本内容，可以将其分为前后两个部分：前半部分内容主要是回顾过去的经历，诗人从叙述家世、宗族、生辰、禀赋着手，对自己美好而崇

■ 屈原传世作品《离骚》石碑

高的人格进行了多方面的展示。

后半部分的内容主要是诗人用幻想的方式，探索未来的道路。屈原假设了"女嬃"对自己的好心规劝，可诗人没有听从劝说，继续向楚怀王陈述他的治国之道，并希望以此挽回楚国衰败的局势。最终诗人在想象中开始了他驱使众神、上下求索的漫漫征程。

《离骚》无论在形象塑造、创作方法、表现手法和形式，以及语言等方面，都有所开拓和创新，取得了辉煌的成就。

《离骚》以现实主义为基调，以浪漫主义为特色，两者完美结合。《离骚》的现实主义基调体现为诗人以极富个性化的笔触，真实而深刻地揭示了战国后期楚国政治的黑暗和社会的混浊，直率地抒发了诗人的理想和感情。

宗族 亦称"家族"。"族"，指父系单系亲属集团，即以一成年男性为中心，按照父子相承的继嗣原则上溯下延，这是宗族的主线。主线旁有若干支线，支线排列的次序根据与主线之间的血缘关系的远近而决定。族内有家，因此族又是家庭的联合体。

《离骚》全诗闪烁着强烈的浪漫色调，具体表现在3个方面：用比兴手法集中而夸张地描写抒情主人公的高洁；塑造一系列神灵形象，陪衬主人公；描绘瑰丽奇幻、缥缈迷离的境界。

《离骚》具备严整细密的艺术结构，长诗既有对奇幻境界的描绘，又有对现实遭遇的叙述，既有陈述志向的议论，又有自身情怀的抒发，内容丰富，头绪繁多，但诗人写得有条不紊，紧凑严密。

《离骚》的艺术成就还表现在它对诗歌形式和语言的革新上。《离骚》一般篇幅较长，句式灵活参差，多六言、七言，以"兮"字做语助词。在语言上，双声、叠韵、重言的运用，都较《诗经》有新的发展，特别是大量吸收楚地方言口语入诗，显示了新的风采。

除了《离骚》外，《九章》《九歌》《天问》也都是《楚辞》中重要的诗篇。这些诗篇综合表达了诗人

浪漫主义 文艺的基本创作方法之一，与现实主义同为文学艺术上的两大主要思潮。作为创作方法，浪漫主义在反映客观现实上侧重从主观内心世界出发，抒发对理想世界的热烈追求，常用热情奔放的语言、瑰丽的想象和夸张的手法来塑造形象。

■ 屈原碑林

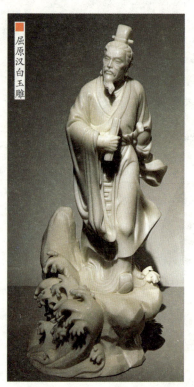
屈原汉白玉雕

热爱楚国，怀念古都，以及至死不变的高尚节操。除了思想价值极高外，这些诗篇各具特色，有着较高的艺术价值。

屈原稍后的楚辞作家，还有宋玉、唐勒、景差等。这些作家中，宋玉最为著名。据说他是屈原的弟子，与屈原并称"屈宋"。

《九辩》一诗公认是宋玉的作品，《九辩》是一首政治抒情长诗，共55句，抒写了诗人生不逢时的感慨，对政治腐败、社会黑暗也给予了揭露。

《九辩》首段描写悲秋中的哀愁，最为脍炙人口。这一段中，诗人着力描绘秋天的自然景象，渲染萧瑟凄怆的气氛，诗人凄凉悲切的情怀有机地融为一体，创造了高远悲凉的意境，从而开启了古代文人悲秋伤怀的传统。

阅读链接

屈原是一位最受人们敬仰和崇拜的诗人。据《续齐谐记》和《隋书·地理志》记载，屈原于农历五月初五投江自尽。因为怕祭屈原之身被鱼虾所食，人们把米包在粽叶里面做成粽子投放在江里。

此后，每年的农历五月初五，人们都包粽子，并在粽子上系上五彩丝线，然后将粽子投放在江里。这种习俗后来形成了传统节日端午节。另外，为了寄托哀思，在端午节这天人们荡舟于江河之上，逐渐发展成为龙舟竞赛。

承前启后

汉代诗歌

　　继《诗经》《楚辞》之后产生了一种新的诗体，由于它是被称为乐府的专门机关收集编辑的可以配乐歌唱的诗歌，因此被称为"乐府"。

　　汉代乐府诗歌是汉代诗歌的代表，在诗歌史上有极高的地位，与《诗经》《楚辞》可鼎足而立；另一方面它在我国诗歌史上，起着承前启后的作用。

　　它既继承、发扬了《诗经》的现实主义传统，也继承、发扬了《楚辞》的浪漫主义精神。

班固汉书

汉代乐府民歌的内容和成就

乐府原本是政府的音乐机构。早在秦代，乐府就作为政府的音乐机构的名称而存在了，汉代后，沿袭秦代体制，也设有专门的音乐机构，它的主要职能是管理郊庙、朝会的乐章。

至汉武帝时，音乐机构的规模和职能都大大扩大了，这是汉武帝整顿改革礼乐的一项重要举措，目的是改革传统的郊庙音乐歌曲，用

■ 汉代乐舞木俑

新声改编雅乐。

《乐舞百戏图》

当时乐府的具体职能，一是采集和编写歌辞；二是谱写乐曲；三是训练乐工；四是演奏乐歌。

在这些职能中，最引人注目的一项职能就是"采诗"，也就是由乐府机构派专人去各地收集民歌俗曲，配乐歌唱，供统治者考察政治得失。

汉代乐府歌辞的来源有三：

第一类是宫廷文人写作的，这类乐章主要用于朝廷典礼，包括《郊庙歌》《燕射歌》与《舞曲》。

第二类是从全国各地收集来的民歌，这类歌辞主要在普通场合演唱，包括《相和歌》《清商曲》与《杂曲》。

第三类是来自西域的音乐，这类歌辞大多是振奋士气的军乐，包括《鼓吹曲》和《横吹曲》。

其中从民间采集而来的歌辞，习惯上称为"乐府民歌"。《汉书·艺文志》记载：

乐府　古代汉族的民歌音乐，最初始于秦代，到汉时沿用了秦时的名称。公元前112年，汉王朝在汉武帝时正式设立乐府，其任务是收集编纂各地民间音乐、整理改编与创作音乐、进行演唱及演奏等。汉魏六朝以乐府民歌闻名。后来，"乐府"成为一种带有音乐性的诗体名称，真实地反映了下层人民的苦难生活。

自孝武立乐府而采歌谣，于是有赵、代之讴，秦、楚之风，皆感于哀乐，缘事而发，亦可以观风俗，知厚薄云。

■ 汉代奏乐俑

鼓吹 原指汉魏时期以后流行的演奏方式，源自北方少数民族地区，主要演奏乐器为打击乐器和吹奏乐曲，如鼓、茄、箫等，所以称为"鼓吹"。以后鼓吹逐步由演出的形式转化为对乐队的称谓，再引申为宣扬、宣传等意思。

"赵、代之讴，秦、楚之风"，可以见出当时采诗的地域很广；"感于哀乐，缘事而发"，可以知道当时采集的诗歌具有现实主义精神，是下层民众真情实感的抒发；"观风俗，知厚薄"，可以了解统治者有考察政治得失的意图。

《汉书·艺文志》列出了西汉时期所采集的138首民歌所属的地域，范围遍及全国各地。宋代郭茂倩的《乐府诗集》收录了最为完备的乐府诗歌。汉代民歌主要保存在其中的有"鼓吹曲辞""相和歌辞""杂曲歌辞"三类。

"鼓吹曲辞"即箫鼓合奏，其中的作品《铙歌十八曲》产生的时间不一，内容庞杂，有记叙战事、表扬武功、歌颂爱情等，其中收录有部分民歌，反映了人们生活的某些侧面。

《有所思》和《上邪》是表述爱情的作品，两者都塑造了泼辣大胆的村野姑娘形象，前者为心上人准备了珍贵的礼物，但"闻君有他心"，立即决定"从今以往，勿复相思，相思与君绝"。后者的爱情表白更是热情如火：

上邪，我欲与君相知，长命无绝衰。

山无陵，江水为竭，冬雷震震，夏雨雪，天地合，乃敢与君绝！

连用5个绝对不可能成为事实的假设反衬对爱情的坚贞不渝，感情炽烈、奔放、粗犷。

"相和歌辞"中的"相和"指丝竹相和或人声相和的演唱方式，其辞多为汉代街陌歌谣，较为全面地反映了人们的生活和精神世界。

"相和歌辞"内容丰富，其中有描叙人们悲惨苦难生活的，如《平陵东》《妇病行》《东门行》《孤儿行》等。

除描叙人们悲惨苦难生活的主题外，"相和歌辞"中还满怀深情和同情地写出了人们乐观善良的美好品质，以及他们对生活的热爱和对情感的真挚追求。代表作品有《陇西行》《白头吟》《饮马长城窟行》《陌上桑》等。

此外，"相和歌辞"还展现了人们对生死的朴素思考，如《长歌行》中的"少壮不努力，老大徒伤悲"，充满惜时发奋之情。

雅乐 即"优雅的音乐"，我国古代的宫廷音乐。雅乐的体系在西周初年制定，与法律和礼仪共同构成了贵族统治的内外支柱。以后一直是东亚乐舞文化的重要组成部分。

■ 汉代乐手

■ 东汉青铜乐俑

叙事诗 一种诗歌体裁，它用诗的形式刻画人物，有比较完整的故事情节，通过写人叙事来抒发情感。叙事诗兼有抒情诗和小说的特点，情节完整而集中，人物性格突出而典型，有浓厚的诗意，又有简练的叙事，还有层次清晰的生活场面。

《蒿里》中的"蒿里谁家地？聚敛魂魄无贤愚。鬼伯一何相催促？人命不得少踟蹰。"将人生短暂的感叹倾诉无遗。

"杂曲歌辞"是各类曲子的集合，其歌辞内容或抒怀，或游乐，或忧愁，或离别，或征战，内容既有文人所作，也有民间歌谣。代表作品有《十五从军征》《古歌》《孔雀东南飞》等。其中《孔雀东南飞》典型体现了汉代乐府民歌的艺术成就。

汉代乐府民歌是继《诗经》《楚辞》之后，我国诗歌发展史上的又一重要阶段。汉代乐府民歌的主要艺术特色是以叙事为主，"感于哀乐，缘事而发"，扩大了我国诗歌的叙事领域。

由于民歌作者对下层生活有着直接的感受和体验，因此在将其诉之于诗歌时，能够选取典型事件来概括，并将代表了本阶层的思想感情融化其中。

汉代乐府民歌大部分是叙事诗，其艺术成就又体现为高超的叙事技巧。这种技巧不仅是笼统的叙事与抒情相结合，而且在具体手法上表现为第一人称的叙事，多取生活片断或典型场景，便于集中抒发强烈的感情。第三人称的叙述则于相对完整的故事情节中塑造出鲜明生动的人物形象。

汉代乐府民歌还善于使用多变的句式和自然的语言。汉代乐府民歌形式自由灵活，或四言，或五言，或杂言，句式上从一二以至十言不等，这些多样的句式有助于表达不同的情感和内容，表现出劳动人民无穷的创造力。

汉代乐府民歌来自民间，因此其语言朴素自然、生动活泼，既充满着真情率性，又洋溢着浓郁的生活气息。如《孤儿行》《妇病行》《上山采蘼芜》等语言率性而发，绝无文饰，更为重要的是"质而不俚，浅而能深，近而能远，天下至文，靡以过之"。

汉代乐府民歌的现实主义精神直接继承《诗经》现实主义精神，而且有所发展，对后世的诗歌创作产生了重大影响。形式上除直接孕育了东汉文人五言诗外，对后世五、七言、杂言诗体的发展也有较大影响。它的叙事技巧和语言特色对后世诗歌也有着较深的滋润作用。

阅读链接

宋代郭茂倩的《乐府诗集》将由汉代至唐代的乐府诗依音乐和时代分为12类：郊庙歌辞、燕射歌辞、鼓吹曲辞、横吹曲辞、相和歌辞、清商曲辞、舞曲歌辞、琴曲歌辞、杂曲歌辞、近代曲辞、杂歌谣辞、新乐府辞。

郊庙歌辞用于祭祀天地；燕射歌辞用于朝会宴飨；鼓吹曲辞用于朝会道路；横吹曲辞用于军旅；相和歌辞是各地采集入乐的民歌；清商曲辞是江南、荆楚民歌；舞曲歌辞用于配舞乐；琴曲歌辞用于合琴曲；杂曲歌辞是没配乐或分不清乐调的歌辞；近代曲辞是指隋唐时期的杂曲；杂歌谣辞指的是徒歌谣谚；新乐府辞指的是唐代人所作的不入乐的徒歌。

长篇叙事诗《孔雀东南飞》

《孔雀东南飞》是汉代乐府诗中最长的一篇叙事诗，即使在我国诗歌史上，也是罕见的长篇叙事诗。《孔雀东南飞》体现了汉代乐府诗歌的艺术成就，是汉代乐府艺术的典范之作。

《孔雀东南飞》在《玉台新咏》题为《古诗无名人为焦仲卿妻作》，《乐府诗集》收入《杂曲歌辞》，题为《焦仲卿妻》。

《孔雀东南飞》全诗共53句，1765字。诗中写了一个封建社会中常见的家庭悲剧。

东汉末建安年间，男主人公焦仲卿是庐江太守府内的一个小官吏，与其妻刘兰芝是一对恩爱夫妻。刘兰芝貌美贤淑，勤于家务，可苛刻的焦母却不喜欢儿媳，婆媳关系颇为紧张。

焦仲卿夹在母亲与爱妻之间，处境尴尬。妻子向他诉苦，母亲却逼他休妻再娶。最后焦仲卿难违母命，劝说妻子暂回娘家。刘兰芝回到娘家后，她的兄长逼她再嫁，她只得以死抵抗，"举身赴清池"。

焦仲卿闻此消息，幡然醒悟，也"自挂东南枝"，夫妻俩用自己

■ 越剧《孔雀东南飞》剧照

的死来抗议封建家长的专制。最后，双双自杀的焦仲卿和刘兰芝得以合葬在一起，用他们的冤魂默默地控诉着源于封建家长制的罪恶。

在这首长篇叙事诗里，各种艺术手段都作了充分的发挥，叙事之完整、情节之曲折，性格之突出，语言之个性化，都是前所未有的。通过刘兰芝的自叙和编唱者的插叙，叙述了刘兰芝与焦仲卿两人从结婚到分手以及死后合葬的全过程。

这首诗的情节是非常曲折的。刘兰芝自愿遣归，而焦仲卿又向母亲求情。刘兰芝已经上路，而焦仲卿又誓不相负。刘兰芝虽守誓约，而又有县令、太守的相继提亲和兄长的逼婚。最后两人誓同生死，遂以悲剧告终。

《孔雀东南飞》中人物性格典型，其中刘兰芝的性格尤为鲜明。首先，她有坚强的性格。例如当她感

《玉台新咏》6世纪编成的一部古代诗歌总集。它是东周时期至南朝梁时期的诗歌总集。收诗769篇，共为10卷。内容中多收录男女感情的记述表达，以及日常生活的方方面面，刻画出古代女子丰富的感情世界，也展示出深刻的社会背景和文化内涵。

机织 以纱线做经、纬按各种织物结构形成机织物的工艺过程。通常包括把经纱做成织轴、把纬纱做成纤子或筒子的织前准备、织造和织坯整理三个部分。在科技不发达的封建时期，机织曾是许多家庭谋生的手段之一，距今已有5000多年的历史。

到自己辛辛苦苦而不负被遣时，便向丈夫焦仲卿申诉，自愿遣归：

> 十七为君妇，心中常苦悲。
> ……
> 鸡鸣入机织，夜夜不得息。
> 三日断五匹，大人故嫌迟。
> 非为织作迟，君家妇难为。
> 妾不堪驱使，徒留无所施。
> 便可白公姥，及时相遣归。

刘兰芝在被遣归的遭遇面前，如此从容，如此坚决，表现了极其坚强的性格。

当丈夫焦仲卿再一次"下马入车""低头耳语"，发誓"不相负"时，刘兰芝又说了下面的话：

■ 《孔雀东南飞》年画

> 感君区区怀，君既若见录，不久望君来。君当作磐石，妾当作蒲苇，蒲苇纫如丝，磐石无转移。

从中以看出，刘兰芝非常重视和丈夫的深厚感情，因此在她看到了丈夫真情实意后，遂发出了这样的誓言。

当焦仲卿知道妻子刘兰芝被迫改嫁时，闻变而来，两人最后会面时，焦仲卿痛苦地说出"贺卿得高迁……吾独向黄泉"，而刘兰芝的回答是冷静而坚定的："同是被逼迫，君尔妾亦然。黄泉下相见，勿违今日言！"

刘兰芝的性格如此坚强，而待人又十分良善。她的感情既是丰富的，又是含蓄的。她向小姑告别之时，万感交集，一泻而不可收拾：

却与小姑别，泪落连珠子。
新妇初来时，小姑始扶床。
今日被驱遣，小姑如我长。
勤心事公姥，好自相扶将。
初七及下九，嬉戏莫相忘。

■ 《孔雀东南飞》
雕塑

说完"出门登车去，涕落百余行"。这种情感是何等的深情，何等的真挚！

焦仲卿是诗中另一个重要形象，作者表现出他从软弱逐渐转变为坚强。他开始对母亲抱有幻想，当幻想被残酷的现实摧毁后，他坚决向母亲表明了以死殉情的决心，用"自挂东南枝"表示对爱情的忠贞和对封建家长制的反抗。

全诗的人物描绘都是生动的。这和诗的语言个性化很有关系。不仅刘兰芝、焦仲卿两人的语言都有个性特点，连两家"阿母"的三言两语，一举一动，也都有个性特性。焦母的专横暴戾，刘兄冷酷自私、贪财慕势的性格，在诗中都刻画得栩栩如生。

卿 有几种含义，一是指古代高级官名；二是古代对人的敬称；三是自唐代开始，君主称臣民；四是古代上级称下级、长辈称晚辈；五是古代夫妻互称。

《孔雀东南飞》中比兴手法和浪漫色彩的运用，对形象的塑造起了非常重要的作用。作者的感情与思想的倾向性通过这种艺术方法鲜明地表现了出来。

诗篇开头，"孔雀东南飞，五里一徘徊"是"兴"的手法，用以兴起刘兰芝、焦仲卿彼此顾恋之情，布置了全篇的气氛。

最后一段，在刘兰芝、焦仲卿合葬的墓地，松柏、梧桐枝枝叶叶覆盖相交，鸳鸯在其中双双日夕和鸣，通宵达旦。这既象征了刘兰芝和焦仲卿夫妇不朽，又象征了他们永恒的悲愤与控告。这是刘兰芝和焦仲卿形象的浪漫主义发展，闪现出无比灿烂的理想光辉，使全诗产生了质的飞跃。

《孔雀东南飞》颇具民间说唱的形式特点。作为说唱的民间故事，既有现实的依据，又有幻想的因素，语言多夸张的成分，如"十五弹箜篌，十六诵诗书"，作为小户人家的女子，具有这样的教养，定是有所虚构和夸张。

阅读链接

《孔雀东南飞》为乐府诗集，创作时间大致是东汉献帝建安年间，作者不详，相传是当时民间为纪念"焦刘"的爱情悲剧而创作的，今天看到的版本在长期的流传过程中可能经过后人的修改。

《孔雀东南飞》最早见于南宋时期陈国徐陵编著的《玉台新咏》中，题为《古诗无名人为焦仲卿妻作》。诗前有序文："汉末建安中，庐江府小吏仲卿妻刘氏，为仲卿母所遣，自誓不嫁。其家逼之，乃投水而死。卿闻之，亦自缢于庭树。时人伤之，为诗云尔。"

宋代人郭茂倩编著《乐府诗集》时，又将其收入，题为《焦仲卿妻》。一般取此诗的首句作为篇名《孔雀东南飞》。

乐府文人诗与《古诗十九首》

继《诗经》《楚辞》后，汉代初期文人热衷于阐释和模仿《诗经》。汉代初期诗歌，多抒情之作，或写帝王四方之志，百年之思。如刘邦《大风歌》、汉武帝《瓠子歌》；或抒发宫廷斗争失意的悲愤，如《赵王刘友幽歌》《燕王刘旦歌》《华容夫人歌》；或发泄士人矢志不渝的感慨，如东方朔《嗟伯夷》等。

此后文人所作，以四言诗为主。一为体裁接近雅颂的庙堂诗歌，如司马相如等人《郊祀歌十九章》、班固《两都赋》后附《明堂》《辟雍》等诗；一为讽谏时事，或自伤自责，体裁近《小雅》之诗。如韦孟《讽谏诗》《在邹诗》、韦玄成《自劾诗》《戒子孙诗》、傅毅《迪志诗》等。

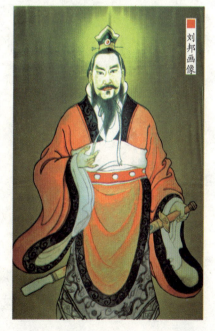

刘邦画像

东汉末年，文人四言诗摆脱雅颂风格，呈现出新的面目。张衡《怨诗》与《思玄赋》所录诗歌、朱穆《与刘伯宗绝交诗》、仲长统《见志诗》两首，已开"旷达之智，玄虚之风"；秦嘉四言《赠妇诗》《述婚诗》则抒写相思之苦、伉俪之情。他们或冷峻峭直，或渐藻玄思，或情思婉转，开启了魏晋诗歌先声。

■ 张衡画像

早在四言诗盛行的《诗经》时代，五言的诗句就已出现，但完整的五言诗并没有出现。随着诗歌创作的长期发展，至西汉，五言体的歌谣逐渐流行起来。

乐府民歌中五言诗的发展，更是在很大程度上影响了当时文人的写作，他们开始尝试创作这种新体诗，从而早期的文人五言诗应运而生。纯粹的文人创作的五言诗诞生在东汉，《文心雕龙·明诗》说：

> 汉初四言，韦孟首唱，匡谏之义，继轨周人……而辞人遗翰，莫见五言。

班固的《咏史》被认为是最早的一首文人五言诗，当然这首诗尚不成熟，但它是我国诗歌史上的里程碑。自此以后，东汉时期许多作家都有五言诗传世，如张衡的《同声歌》、秦嘉的《留郡赠妇诗》、

五言诗 古代诗歌体裁。是指每句五个字的诗体，全篇由五字句构成的诗。它更为适应汉以后发展了的社会生活，从而逐步取代了四言诗的正统地位，成为古典诗歌的主要形式之一。初唐以后，产生了五言律诗、五言绝句。唐代以前的五言诗便通称为"五言古诗"或"五古"。

辛延年的《羽林郎》等。

《羽林郎》一诗在早期的文人五言诗中比较突出。诗歌描写了一个酒家女胡姬不畏强暴，勇拒贵族豪奴调戏的故事。诗中的少女胡姬，貌美若仙，又坚贞纯洁；豪奴冯子都横行霸道，仗势欺人。

东汉后期，文人思想偏离正统，他们热衷于在文学上表达个人内心体验。这时的五言诗对个人情感抒写的真实与强烈程度，均超过以往，从而出现了张衡《同声歌》、秦嘉《留郡赠妇诗》、徐淑《答秦嘉诗》、蔡邕《翠鸟诗》、郦炎《见志诗》、赵壹《疾邪诗》等作品。

东汉末年涌现出一大批文人五言诗，但没有留下作者的名字，后人泛称为"古诗"。这类作品中的19首，至梁代被萧统选编入《文选》，于是后人就以"古诗十九首"称呼它们。《古诗十九首》是文人五言诗中最杰出的代表。

《古诗十九首》并非一人所作，产生的时代大致在东汉后期。就思想和艺术来看，这组诗歌的作者应该是有相当文化修养的人。但他们身处动乱年代，失去了固有的报效国家的人生目标，

■ 张衡塑像

张衡

蔡邕画像

内心抑郁苦闷，感伤怨恨，诗歌就是抒发他们思想感情的最好途径。

这组诗歌就其表述的内容可以分为几类，给人印象最深刻的，是抒写相思之情，诉说离别之苦的诗作。

如《行行重行行》一诗，写一女子思念远行异乡的情人。首先追叙他们的初次别离，其次诉说路途遥远，会面无期。再自述相思的怨苦，最后用宽慰的话结尾。

《迢迢牵牛星》一诗，描写了织女隔着银河思念牛郎的愁苦之情，抒发了爱情受折磨时的痛苦。这一类诗歌在《古诗十九首》中占了一大半。

此外，《古诗十九首》中也有表现生命短促，慨叹人生无常的作品。如《生年不满百》中的"生年不满百，常怀千岁忧"；《驱车上东门》中的"人生忽如寄，寿无金石固"；《青青陵上柏》中的"人生天地间，忽如远行客"等诗句。

诗人们纷纷表达出对死亡的恐惧和无奈，他们建功立业无门，安身立命无地，人生发展无路，剩下的只是对命运不可捉摸的哀叹了。其他如对功名不就、宦海失意，身居贫贱、世态炎凉，人情淡薄、知音难遇的描写也是这组诗歌中常见的主题。

《古诗十九首》在艺术上取得极大成功，标志着我国文人五言诗的成熟。它高超的艺术手法首先表现在诗人把自己真切的感情坦然抒发出来，毫不矫饰，并用特定的景物衬托人物感情，达到情景相生、

诗的国度

诗的历史与艺术特色

情趣天成的境界。

《古诗十九首》继承和发展了先秦时期诗歌以抒情为主的特点，最长于抒情。常见的情形是寓情于景、融情入景，真正达到情景交融的境界。

《古诗十九首》中有不少自然景物和环境的描写，一般是前半写景，后半抒情。景物和环境的描写是主人公主观心情的烘托与渲染。

《古诗十九首》的抒情不是直抒胸臆，而是大量运用比兴手法造成情感的婉曲含蓄、反复低回，如《冉冉孤身竹》，描写了一位新婚女子与丈夫久别后的烦恼忧思，那种期待与失望、眷恋与悲哀的微妙心绪，都依托眼前的景象，委婉地道出。

孤零零的竹子、攀附女萝的菟丝、花开花落的蕙兰都是思妇寄托情思，表明心绪的象征之物。

《古诗十九首》的语言朴素明快、精练生动、耐人咀嚼，有高度的概括力。如《行行重行行》中的"胡马依北风，越鸟巢南枝"，"胡马"意指北方的马，古时称北方少数民族为胡。"越鸟"意指南方的鸟，越指南方百越。

没有精心加工和修饰，却在不经意间让胡马与越鸟的形态烙上了浓厚的人间情感，烘托出游子强烈的思乡之情。

《古诗十九首》代表汉代文人五言诗的最高艺术成就，是我国五言诗成熟

■ 书谱语·夫蔡邕不谬赏

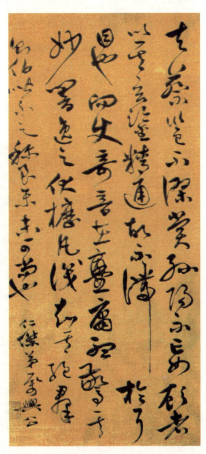

的标志。南北朝文学理论家刘勰《文心雕龙·明诗》说：

> 观其结体散文，直而不野，婉转附物，怊怅切情，实五
> 言之冠冕也。

南朝钟嵘《诗品》卷上的评价更高：

> 文温以丽，意悲而远，惊心动魄，可谓几乎一字千金！

这里所谓"惊心动魄"，是指诗作真实细腻的抒情，具有巨大的艺术感染力。

《古诗十九首》在形式、题材、语言风格、表现技巧等许多方面，直接对后代五言诗的写作产生深刻的影响。从此五言诗作为古代诗歌的主要诗体，获得了前所未有的发展。

阅读链接

汉代乐府文人诗主要集中在《乐府诗集》的郊庙歌词和杂曲歌词中。《郊庙歌词》中以《安世房中歌》和《郊祀歌》较为有名。

《安世房中歌》为汉高祖唐山夫人所作，共17章，用于颂扬祖先至善之德，强调孝道。17章中四言13章，三言3章，三言是诗歌体裁的新创造。《郊祀歌》是汉代祭祀天地四时的郊乐乐歌，共19章，作者为司马相如、邹阳等人。

杂曲歌词里的文人诗分有主名与无主名两种，其中以有主名的5首较为重要，即辛延年的《羽林郎》、宋子侯的《董娇娆》、张衡的《同声歌》、繁钦的《定情诗》和马援的《武溪深行》。五首中《武溪深行》为杂言，其他4首皆为五言。

六朝诗歌

魏晋南北朝时期，诗歌创作进入了以文人为主、自觉和个性化的时代，诗人之多，诗作之富，诗风之多样，诗歌在表现社会生活与人们内心世界上的开拓与深入，以及诗歌自身形式上的变化和创新，都出现前所未有的壮观局面。

魏晋南北朝诗歌是我国诗歌开端与鼎盛之间的过渡阶段，明显具有承前启后的历史地位。魏晋南北朝800余年诗坛本身也是名家迭出，名篇如潮，无论其审美价值还是诗歌史、文学史上的影响，都值得后人重视。

继承中有发展的建安诗歌

建安是东汉末年汉献帝的年号，这个时期及以后魏初的若干年的文学创作，称"建安文学"。建安诗人生活在汉代末期，饱经时代的风云和世事的沧桑，他们所发的歌吟，多为反映社会离乱、抒发平生理想之作。

南北朝文学家刘勰在《文心雕龙·时序》中说：

曹操画像

> 观其时文，雅好慷慨，良由世积乱离，风衰俗怨，并志深而笔长，故梗概而多气也。

建安诗人一方面继承了汉代乐府民歌的传统，另一方面又加以发展、改造，用他们现实主义的创作

精神，在诗歌史上树起一面旗帜。风格多呈现清新刚
健、慷慨悲凉的特征，被称誉为"建安风骨"。

■ 曹操、曹丕、曹
植父子塑像

创新发展

六朝诗歌

在这种风格的诗歌里，包含着诗人的真情实感，在语言表达上又具有简练刚健的特点。

建安作家主要有"三曹""七子"。"三曹"即曹操、曹丕、曹植父子3人；"七子"是指孔融、王粲、徐干、陈琳、应玚、刘桢、阮瑀7位文人。建安文学最有成就的文学样式是五言诗，其次是赋，如曹植的《洛神赋》、王粲的《登楼赋》等。这个时期文学成就最突出的是曹操、曹丕、曹植和王粲。

曹操，是个杰出的政治家和军事家，同时，也是位杰出的诗人。他的诗歌存有20余首，都是以乐府为旧题写时事的乐府诗，题材非常丰富。诗歌从现实出发，或者描写战争给民众造成的灾难，如《蒿露行》《蒿里行》《苦寒行》等。或者抒发自己的胸襟怀抱、雄心壮志，如《对酒》《短歌行》《步出夏门行》等。

赋 除了诗、词、曲之外，另一种具有诗歌特点的文体。最初的诗词曲都能歌唱，而赋却不能歌唱，只能朗诵。它外形似散文，内部又有诗的韵律，是一种介于诗歌和散文之间的文体。

■ 曹丕画像

在曹操的诗歌中，《短歌行》《步出夏门行》中的《观沧海》《龟虽寿》是历来为人传诵的千古名篇。《短歌行》是四言乐府诗，在宴飨宾客时吟唱，诗歌的主题是抒发为了统一大业而求贤若渴的心境，体现了一唱三叹，慷慨悲凉中体现出昂扬之态。

《观沧海》是《步出夏门行》的第一章，诗人观海抒情，借海明志，景语情语，浑然一体。

《龟虽寿》中的"老骥伏枥，志在千里；烈士暮年，壮心不已"，则直接吐露了曹操的壮志豪情。

曹操善于创新，他是向民歌学习、创作拟乐府诗的开创者。他借乐府旧题写时事或抒怀抱，如《薤露行》《蒿里行》本是挽歌，曹操却用以描写现实的动乱，表达自己的哀痛。

曹操的诗语言质朴简洁，善用比兴，形象鲜明，诗歌风格悲凉慷慨，沉郁雄健。

曹丕，曹操的次子，曹操死后，袭位为魏王，后代汉称帝，世称魏文帝。曹丕擅长诗文，有相当多的作品流传下来，而且多为名篇佳作。存诗40余首，三言、四言、五言、六言、七言、杂言诸体具备。

曹丕的诗歌内容大多是描写男女爱情和乡情的，如《杂诗·漫漫秋夜长》《燕歌行》《秋月行》等。

《杂诗·漫漫秋夜长》，以浮云作比兴，写游子遭遇不幸，被迫背井离乡，长期滞留在外，因畏惧外乡人而欲言又止。诗以压抑的情调戛然结束，表现了思乡而又难以排解的忧伤心情。

《燕歌行》共两首。《秋风萧瑟天气凉》描写一个独守空房的妇女在深秋寒夜思念远行的丈夫，感情真挚，情思委婉忧伤，其语言清新自然，和谐流畅。

《燕歌行》是现存我国古代最早的完整的七言诗，它为七言诗的进一步发展开辟了道路，在诗歌史上占据重要地位。

曹丕的很多诗歌兼容汉代乐府民歌和汉代文人诗的特点，在艺术上有新的创作。他的诗歌抒情婉约细微，诗歌语言，有民歌的质朴，也有文人的华丽。

曹植，曹操第三子。曹植少时才华横溢，才思敏捷，曹操十分赏识这个儿子。但他恃才傲物，任性而为，不太检点自己的言行，最后失宠于曹操。曹丕称帝后，立即削弱曹植的势力。此后，曹植郁郁寡欢，

七言诗 古诗体名。全诗每句7字或以7字句为主。七言诗起源于先秦时期和汉代的民间歌谣。汉魏时期七言诗极少，在南北朝时期至隋代渐有发展，直至唐代，才真正发达起来，成为我国古典诗歌又一种主要形式。

创新发展

六朝诗歌

■ 建安七子蜡像

曹植塑像

终于在忧愤中死去。

曹植的诗、赋、散文均突出，尤以诗歌成就为最高。曹植的诗以哥哥曹丕称帝为界，可分为前后两个时期，前期诗作洋溢着追求政治理想、向往建功立业的进取精神。

曹植的后期诗作中充满着悲愤抑郁的气氛，最能代表这个时期的诗作是《赠白马王彪》。全诗分为7章，抒情中穿插叙事、写景，或直抒胸臆，或比兴烘托，并借用章章蝉联的顶针修辞手法，淋漓尽致地抒发了诗人复杂曲折的思想感情。

曹植的诗歌创作在艺术上取得了很高的成就。他注意文人文学与民间乐府的结合，使诗歌艺术取得了极大的飞跃。

曹植是我国古代文学史上第一个大力写作五言诗的人，他的创作推动了五言诗的发展。他的五言诗抒情成分增多，诗中有鲜明的个性和抒情性。

曹植还加强了五言诗的文采，在保持民歌朴素自然的基础上，又讲究词采和对仗，注意炼字和声色，表现出语言洗练、词采华美的特色；曹植的五言诗讲究写作技巧，结构大都较为精致，很少平铺直叙，特别是开头，多以警句开始，具有引领全篇的作用。

在建安七子中，王粲取得的成就最高。王粲，山阳高平人。王粲的诗感情深沉，慷慨悲壮，其《七哀诗》3首最能代表其诗歌风貌，第一首中的"出门无所见，白骨蔽平原"一句，颇能反映当时社会动乱的真实面貌。

刘桢，东平宁阳人。他的诗刚劲挺拔，注重气势，不事雕饰，代表作是《赠从弟》3首，这3首诗分别用松树、凤凰比喻坚贞高洁的人格，既是对他从弟的赞美，也是诗人的自我写照。

徐干，山东潍坊人。他的代表诗作有《室思》6首，大多写闺怨之情，情致委婉。

陈琳，江苏扬州人。他的乐府诗《饮马长城窟行》，假托秦代筑长城之事，描写繁重的徭役给广大民众带来的痛苦和灾难。

孔融，鲁国人，是孔子的二十世孙，太山都尉孔宙之子。能诗善文，曹丕称其文"扬（扬雄）、班（班固）俦也。"散文锋利简洁，代表作是《荐祢衡表》，其六言诗反映了汉末动乱的现实。

应场，汉汝南南顿县人，擅长作赋，有文赋数十篇，诗作不多。代表作《待五官中郎将建章台集诗》一首，音调悲节。

阮瑀，陈留尉氏人，所作章表书记很出色，名作有《为曹公作书与孙权》。诗歌语言朴素，往往能反映出一般的社会问题。诗有《驾出北郭门行》，描写孤儿受后母虐待的苦难遭遇，生动形象。他的儿子阮籍，孙子阮咸皆是当时名人，位列"竹林七贤"。

阅读链接

"煮豆燃豆萁，豆在釜中泣。本是同根生，相煎何太急？"这首《七步诗》据说是曹植所作。这首诗用同根而生的萁和豆来比喻同父共母的兄弟，用萁煎其豆来比喻同胞骨肉的哥哥残害弟弟，生动形象、深入浅出地反映了封建统治阶级内部的残酷斗争和诗人自身艰难的处境，以及沉郁愤激的感情。

曹植才华出众，受到曹操的疼爱，因此受到哥哥曹丕的嫉妒。曹操死后，曹丕继承当上了魏王，后当了皇帝。曹丕担心曹植对自己的地位将有威胁，所以便以在曹操亡故时没来看望为由，要杀曹植。在母亲开口求情下，曹丕勉强给了曹植一个机会，让他在七步之内脱口一首诗，否则便杀掉他。曹植情急之下就作了这首著名的七步诗。

正始诗人和太康诗人的成就

正始是三国时期曹魏的君主魏齐王曹芳的第一个年号，共计10年。这个时期，政局混乱，整个社会处在黑暗恐怖的状态之中。

建安诗歌那种直面现实，反映社会动乱，抒发统一理想的内容，

以及那种昂扬奋发，积极进取的精神，已经消失不见。代替它的是人们对生存的忧患和对人生祸福的忧叹，诗风变得寄托遥深。

正始诗人的代表是"竹林七贤"中的阮籍和嵇康。阮籍早年有济世救民的志向，但是他又没有能力改变现状，他始终在政治斗争的旋涡里应付、挣扎。

内心的煎熬无时无刻不在折磨着他。他的处境和痛苦是当时大多数文人名士所共有的，在当时社会具有广泛的意义。

正由于这种状况，阮籍写的诗篇隐晦难明，很少直说。《咏怀诗》82首是他的代表作。这些诗的思想内容比较复杂，其中最突出的是表现诗人内心的孤独和苦闷。

阮籍是建安以来第一个全力创作五言诗的人，

■ 竹林七贤图

凤凰 在远古图腾时代被视为神鸟而予崇拜。用于比喻有圣德之人。它是原始社会人们想象中的保护神，经过形象的逐渐完美演化而来。它头似锦鸡、身如鸳鸯，有大鹏的翅膀、仙鹤的腿、鹦鹉的嘴、孔雀的尾。居百鸟之首，象征美好与和平。也是古代传说中的鸟王，雄的叫凤，雌的叫凰，通称凤凰。是封建时代吉瑞的象征，也是皇后的代称。

■ 阮籍（210—263），三国魏诗人。字嗣宗。竹林七贤之一，是建安七子之一阮瑀的儿子。他曾任步兵校尉，世称阮步兵。他崇奉老庄之学，政治上则采谨慎避祸的态度。他还是"正始之音"的代表，著有《咏怀》《大人先生传》等。

《咏怀诗》是把82首五言诗连在一起，编成一部庞大的组诗的，这是一个极有意义的创举，在五言诗的发展史上奠定了基础，开创了新的境界，做出了巨大的贡献。

《咏怀诗》中的第一首《夜中不能寐》，从"夜"字领起，写出一个使人苦闷惆怅的夜，一个令人难以成眠的夜，在夜境的悲凉气氛中，展现一位"忧思独伤心"的诗人形象。

全诗蕴藉含蓄，使人在无意之中受到感染。在这组著名的诗篇中，阮籍多用比兴寄托和象征手法来抒情言志，或借凤凰折翅来比喻自己所处的困境，或借佳人难近比喻理想渺茫，或借芳草花木凋零比喻世事反复无常。

全组诗篇从自然到人事，都充满着浓烈的苦闷，由于其使用了非常丰富的比兴手段，因此形成了一种曲折隐晦的艺术风格，开拓了一条写作政治抒情诗的道路，在诗歌史上独树一帜。

嵇康，官至中散大夫，世称"嵇中散"。他性格倨傲狂放，公开反对司马氏集团，与之决裂。他的这种性格最终给他引来了杀身之祸。他的诗现存50余首。有四言、五言、七言、杂言，其中四言诗直抒胸臆，表现其追求自然之乐趣，成就较高。

嵇康的诗以表现追求自然、厌弃功名富贵的人生观为主要内容。其中《赠秀才人军》18首和《幽愤诗》成就最高。

《赠秀才人军》其中第九首，想象其兄嵇喜人军后的英姿和气概，第十四首写他弋钓自娱、游目弹琴、体会玄理的高超心境。《幽愤诗》自述平生的遭遇和理想抱负，对自己无辜受冤表示极大的愤慨。

正始诗人多崇尚老庄，他们提倡玄风，重自然，因此诗歌给人一种返璞归真的古朴感，至西晋太康年间，这种古朴却被繁缛所替代了。

太康是西晋晋武帝司马炎的年号，西晋统一后，社会相对稳定，经济也有较大发展。从太康时期至永嘉时期的20多年中，文学创作比较活跃，出现了一大批诗人，代表人物有"三张""二陆""二潘""一左"。

"三张"，即张载、张协、张亢；"二陆"，指陆机、陆云；"二潘"指潘岳、潘尼；"一左"指左思。除左思外，其他人的创作

四言诗　四言诗是诗体的一种。"四言"指四字组成的诗句。四言诗指通首都是或基本是四字句写成的诗歌。在上古歌谣及《周易》韵语中，已有所见，到中国第一部诗歌总集《诗经》中，虽杂有三、五、七、八、九言之句，而基本上是四言体。

051

创新发展

六朝诗歌

■ 嵇康 字叔夜，三国时期魏国人。著名思想家、音乐家、文学家、玄学家，为"竹林七贤"的精神领袖。嵇康通晓音律，尤爱弹琴，著有音乐理论著作《琴赋》和《声无哀乐论》。他的文学创作，主要包括诗歌和散文。其诗今存50余首，以四言律诗为多，占一半以上。

都表现出共同的时代倾向，即多模拟而少创造，重视艺术形式而轻思想内容，被称为"太康体"。

太康诗人多以才华自负，相对悠游的生活又使得他们得以专注于诗艺的琢磨，因此太康诗风总体体现为华辞丽藻，铺写繁复，多骈偶句式的繁缛。太康诗以陆机、潘岳最有代表性，但只有左思喊出了寒士的心声，诗风独树一帜。

■ 西晋文学家张载画像

宰相 是辅助帝王掌管国事的最高官员的通称。宰相最早起源于春秋时期。管仲就是我国历史上第一位杰出的宰相。到了战国时期，宰相的职位在各个诸侯国都建立了起来。宰相位高权重，甚至受到皇帝的尊重。"宰"的意思是主宰，"相"本为相礼之人，字意有辅佐之意。"宰相"联称，始见于《韩非子·显学》中。

陆机，吴国名臣陆逊之后，太康时期和弟弟陆云到京都洛阳，受到宰相诗人张华的赞赏。

陆机的诗歌涉猎广泛，而内涵相对贫乏。诗歌句式力求排偶，词语力求华丽，描绘力求详细，节律力求和谐。但过分雕琢，就失去了自然的面目。不过，他将自己的生活体验写入诗中，也产生了相对生动有力的作品。

潘岳，荥阳中牟人。他的文风与陆机接近，但文采不如陆机。潘岳从小就很聪明，在乡里非常有名气，号称"奇童"。

潘岳诗文辞艳丽，悼亡诗写得最好。现存诗18首，《悼亡诗》3首最受人称道。诗歌作于他妻子逝世一周年之际。第一首写他离家之前的心情，感叹时光匆匆流逝；接着写出他去留两难，不知所措的悲哀；最后写徘徊空房，倍感伤心。

整首诗歌都在写他的忧思难忘，真实地表达了潘岳对亡妻的怀念。从那以后，"悼亡"成为这类诗歌的特别名称，对后世产生了很大的影响。

左思是西晋最有成就的诗人，他长得很丑，又有口吃，在重门第和容貌的魏晋时期自然壮志难酬。左思的文辞壮丽，不同凡响。

左思的《咏史》8首，继承"建安风骨"的传统，借古喻今，表达了他对世族门阀制度的不满和自己壮志难酬的苦闷，被称为"左思风力"。他的这些借古人古事，抒发自己情怀的诗作，形成了一种专门的表现方式，后人仿作者很多，这样，"咏史诗"就成为后世诗歌中的一大类别。

左思还有一首《娇女诗》写得很别致，他用轻松幽默的笔调，描摹了自己两个小女儿娇憨可爱的神态，充满着天伦之乐的生活情趣。

阅读链接

由于看不惯统治阶级的丑恶嘴脸，但又由于生存发展的需要，阮籍始终采取一种跟统治阶级不即不离的态度。他避祸的方式是酣饮和放浪形骸。阮籍的放达形象常被视为魏晋风度的化身，他曾创造过一醉60天不醒的醉酒纪录，然而他的神志却始终是清醒的。

正始时期，由于阮籍的影响，阮氏家族以清谈闻名。阮籍之侄阮咸因放达也被列入竹林七贤，阮籍的儿子阮浑也想效仿，却遭到了阮籍的反对。

他之所以阻止儿子放浪纵恣，是因为他担心儿子只知其表不解其里，自己的猖狂中蕴含着老庄玄学的思想积淀，埋藏着愁肠百转的世事忧苦，其精神实质是难以效仿的。险恶的现实迫使他不得不将灵与肉分开，形醉而神不醉。

陶渊明开辟田园诗新天地

东晋时期，诗歌没有大的发展，士大夫崇尚玄谈清言，这使得玄言诗风笼罩诗坛，孙绰、许询是玄言诗人的代表，只有陶渊明开辟了田园诗新路，成为诗坛大家。

陶渊明画像

陶渊明，浔阳柴桑人。曾祖陶侃是东晋时期的名臣，自幼丧父，家境渐衰。陶渊明青年时代在家读书，博学儒道释经典，还阅读了不少神话、小说一类的"异书"。

29岁时因生计问题，任江州参军，不久归隐而去。以后因生计所迫，陆续做过一些地位不高的官，过着时隐时仕的生活。

405年，陶渊明41岁时再次出任彭泽县令，仅在位80余天，因不

明代谢时臣画陶
渊明诗意卷之二

愿以"为五斗米折腰"弃官，从此告别官场，过起隐
居躬耕的生活。

陶渊明是整个魏晋南北朝时期最杰出的文学家，
在文学的诸领域都有很高的成就，其诗歌对后代影响
最大，尤其是他的代表性诗作"田园诗"更是影响深
远。陶渊明一生写下了不少"田园诗"，这些"田园
诗"是他人生理想的写照。

陶渊明的田园诗多写恬美静穆的田园风光，抒发
自己悠然自得的心情和对田园生活的感受。《归园田
居》五首是诗人田园诗的代表作之一，组诗中"少无
适俗韵"一首，抒发了诗人辞官归隐后的喜悦心情，
表现了他对恬静美好的农村生活和逍遥自在的隐居生
活的热切追求。

诗中写有榆柳桃李掩映下的院落、草屋，傍晚时
影影绰绰的村落，袅袅升起的炊烟，桑树上的鸡鸣，
造景设色虽是平凡，却展示了一幅静谧、纯朴的田园
景色。

《饮酒·结庐在人境》一诗，写他"采菊东篱

玄言诗 一种以
阐释老庄和佛教
哲理为主要内容
的诗歌。玄言诗
是东晋的诗歌流
派，约起于西晋
之末而盛行于东
晋。代表作家有
孙绰、许询、庚
亮、桓温等，其
特点是玄理入
诗，以诗为老庄
哲学的说教和注
解，严重脱离社
会生活。

下，悠然见南山"的悠然自在的隐居生活；《移居·春秋多佳日》一诗写他农务之暇，与朋友诗酒流连的快乐；《读山海经·孟夏草木长》一诗，写他农事之余泛览图书的乐趣。

孟夏草木长，绕屋树扶疏。

众鸟欣有托，吾亦爱吾庐。

既耕亦已种，时还读我书。

穷巷隔深辙，颇回故人车。

欢言酌春酒，摘我园中蔬。

微雨从东来，好风与之俱。

泛览周王传，流观山海图。

俯仰终宇宙，不乐复何如。

除了描写恬美静穆的田园风光的田园诗，陶渊明还有描写劳动艰辛以及自己的困苦和农村凋敝的田园诗，这类田园诗更具有写实性。

陶渊明田园诗在艺术上具有独特的风格，这种风格最突出的表现是平淡、自然。陶渊明能够用朴素的语言，写出极其平常的生活情

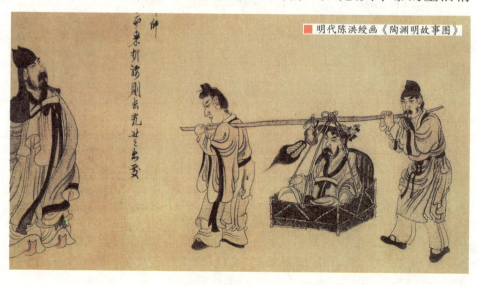

明代陈洪绶画《陶渊明故事图》

景，创造出一种独特的诗的意境。

陶渊明的田园诗语言如农家口语，但塑造出来的艺术形象却生动鲜明。宋代大词人苏轼写道：

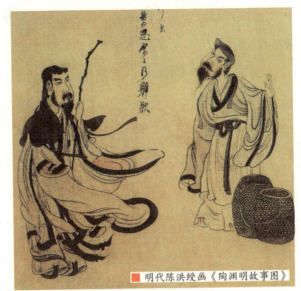

创新发展

六朝诗歌

渊明诗初视若散缓，熟读有奇趣。如曰："暖暖远人村，依依墟里烟。狗吠深巷中，鸡鸣桑树颠。"又曰："采菊东篱下，悠然见南山。"大率才高意远，则所寓得奇妙，遂能如此，如大匠运斤，无斧凿痕，不知者则疲精力，至死不悟。

明代陈洪绶画《陶渊明故事图》

陶渊明田园诗的意象非常美，诗人在意象的选择上非常精心，他多选择原始朴素的意象，而排斥文人意象。多选择具有超然、安静、稳定、能给人温暖感的美好意象。

在陶渊明生活的东晋时期，诗歌追求华美，注重修饰。可陶渊明却独辟蹊径，抒写出平淡自然、意味隽永的诗篇，如奇峰突起，开创了新的艺术境界。南宋时期人曾紘写道：

余尝评陶公诗，语造平淡而寓意深远，外若枯槁，中实敷腴，真诗人之冠冕也。

陶渊明的田园诗打破了玄言诗的沉闷统治，为诗歌的创作开辟了一个新的天地，使"田园诗"成为我国古典诗歌中一个重要的流派，对后世田园诗的发展功不可没。除了田园诗，陶渊明的饮酒诗和咏怀诗也较有成就，陶渊明是我国文学史上第一个大量写饮酒诗的诗人。他的《饮酒》20首以"醉人"的语态或指责是非颠倒的上流社会，或揭露世俗的腐朽黑暗，或反映仕途的险恶。

陶渊明的咏怀诗以《杂诗》12首、《读〈山海经〉》13首为代表。《杂诗》12首多表现了陶渊明归隐后有志难酬的政治苦闷，抒发了自己不与世俗同流合污的高洁人格。

《读〈山海经〉》13首借吟咏《山海经》中的奇异事物表达了与《杂诗》12首同样的内容，如第十首借歌颂精卫、刑天的"猛志固常在"来抒发和表明自己济世志向永不熄灭。

阅读链接

在我国，很早就有田园描写的诗歌。如，我国第一部诗歌总集《诗经》中关于田园风光的描写，还有《楚辞》中对山水也有所描绘。

但是这些并不是真正的田园诗，它们只是作为抒情主人公活动的背景或比兴的媒介，不过这些对于田园山水风景描写的诗词，为田园诗的发展开创了先河，为其发展奠定了基础。

田园诗虽然与山水诗并称，但是它们并不是两类相同题材。田园诗重在写农村风土人情，而山水诗重在写自然山水。

我国田园诗真正起源于陶渊明，陶渊明的田园诗在我国文学史上第一次写出了农耕的甘苦和农村风景，为我国文学增添了新的题材。

演变中求发展的南北朝诗歌

晋宋交接时的南朝，诗歌发展经历了一个新的转折，那就是玄言诗逐渐退却，而山水诗大放光彩。我国的诗歌很早就有描写山水景物的句子。最早的诗歌总集《诗经》中，已有简略的自然景物描写，甚至有一些情景交融的画面。

《楚辞》中的自然山水描写，要比《诗经》具体、生动、细致，笔墨也多了一些，显示出作者较高的审美能力和较丰富的艺术想象力。东晋时期的玄言诗，山水的审美意识逐渐增强，还出现了不少描写自然山水景物的佳句。

但总的来看，那时山水景物描写的分量在全诗中还只占

《楚辞》中插画

清旦索幽异 牧月越垧郊 每兰潜息羲 陇领高石室 冠林阪飞泉 发山掬虚记 径千载孤峰 岁非一朝 隙风霄散霏 无逢览总 荦荦升乔 与心赏合欢 不容言摘芳 并寒条 窨奉老公祖 谢灵运石室山诗巳秋日为 吕一郎 书

《谢灵运石室山诗》手抄本

诗的国度

诗的历史与艺术特色

山水诗派 唐代诗歌流派，以反映田园生活、描绘山水景物为主要内容。代表人物有盛唐的王维、孟浩然、储光羲、常建、韦应物、柳宗元等，其中以王维成就为高，他是诗人，又是画家，能以画理通之于诗，诗中有画，画中有诗，对后世影响很大。

少数，它只是诗人借以引发、陪衬、烘托、渲染诗人思想感情的片断。直至谢灵运时，诗歌中才以山水作为主要描写对象，完成了从玄言诗到山水诗的题材转变。

谢灵运，出生于会稽始宁。他出身于东晋时期最显赫的世族家庭，年轻时就袭封康乐公，世称"谢康乐"。

谢灵运虽有政治抱负，却郁郁不得志，他把很多精力寄情于山水。他每每将游历山水的经过，用诗歌记述。在他之前，山水风景的描写，仅是断章零句，谢灵运则倾注全力刻画山水胜景，使山水成为独立的审美对象，由此扭转了当时的玄言诗风，开创了文学史上的山水诗派。

谢灵运的山水诗雕琢细腻，刻画逼真。代表作如《登池上楼》《石壁精舍还湖中作》等诗，最能体现他诗歌的特色。《登池上楼》作于他做永嘉太守的时候。诗歌首先写出他出任永嘉太守时的复杂心情，接着描写病中举目所望时的周围景致，最后抒发他离群索居的感受。

《登池上楼》中间景致的描写，最见谢灵运写诗的功力：近处波涛声声、远方山峦绵绵，而更可喜的是，冬去春来，景色一新，于是"池塘生春草，园柳变鸣禽"的诗句信口而出。

这一联诗句最受人赞赏，它不用任何典故，不加任何雕琢，只是以本色天然的白描手法传达出盎然的春意，可以说是神来之笔。

这个时期比较有名的诗人还有颜延之、鲍照、谢惠连、谢庄、汤慧休等，其中以鲍照的诗成就最大。

鲍照，江苏涟水人。出身寒门，曾任临海刘子顼的参军，史称"鲍参军"，以诗著称。他虽然出身寒微，却自视甚高，以为凭借自己超人的才华而功名富贵唾手可得，可事实并非他想象的那么简单。

他在人生目标未实现之际，往往在他的诗中涌出感愤不平之辞。在他的代表作《拟行路难》18首中，可感受到其感情的冲动、激荡与紧张。《对案不能食》一诗，就表现了一个才高气盛、自尊心极强的诗人面对不公平的现实激愤异常，苦闷有加。

鲍照尤其擅长七言歌行，还在诗中杂以各种句式，写了不少杂言式七言歌行，对七言诗的发展有重大贡献。

南齐永明年间，周颙著《四声切韵》，讨论汉字的平、上、去、入4种声调。诗人沈约更将四声运用到诗歌的声律上去，要求诗歌平仄押韵、音韵和谐、对仗工整、辞采华丽，提出

061

创新发展

六朝诗歌

■ 鲍照塑像

"四声八病"之说，形成了一种新诗体，号称"永明体"，也称"新体诗"。

"永明体"诗人最有名气的是沈约和谢朓。

沈约，吴兴武康人，历宋齐梁时期，官至尚书令。沈约一些描写山水景物的诗和友人之情的诗，辞采清丽，感情真挚。

谢朓，谢灵运的同族晚辈，人称"小谢"。他与谢灵运同以善于写山水景物见长，但他们两人的写作方法不同。谢朓更多地对自然景物作出选择、提炼并重新加以安排，显得更加完美。

谢朓的山水诗既吸收了谢灵运那种细腻，又能融情入景，从而既摆脱了谢灵运堆砌雕琢，又摆脱了玄言诗的枯燥，形成一种清新流利的风格，对后世影响很大，代表作为《晚登三山还望京邑》。

与南朝相比，北朝文化显得十分冷落，只有庾信兼南北之长，显现出大家风范。他的诗歌对仗工整，情辞兼备，初步融合了南北诗风，既有南朝时期的华丽精巧，又有北朝时期的雄浑刚健，开拓了诗歌的审美意境。

诗的国度

诗的历史与艺术特色

阅读链接

东晋时期，江南的农业已经有了较大的发展，士族地主的物质生活也比过去更加优裕了，越来越多的园林别墅建造起来，士族文人们在优裕的物质条件和瑰丽的江南山水中，过着清谈无为和登临山水的悠闲生活。

在这些人的诗赋中，常常出现一些赞美江南山水的名言隽语，借以发挥老庄自然哲学的思想。由于受到这种风气的影响，当时流行的玄言诗里也开始出现一些山水诗句，作为玄学名理的印证或点缀。

风格迥异的南北朝乐府民歌

南朝乐府民歌流传下来500余首。大多保存在《乐府诗集》的《清商曲辞》中，少部分保存在《杂曲歌辞》《杂歌谣辞》中。其中"吴歌"300余首，"西曲"100余首。

吴歌主要产生于以东吴的都城建业为中心的江南地区，西曲主要采自长江中游及汉水两岸的政治经济军事重镇荆、郢、樊、邓一带。

南朝乐府民歌的内容与风格不同于汉代乐府的民歌。原因在于东晋长江中下游一带农业发达，城市经济繁荣，并逐渐形成市民文化。当刘宋之时，"凡百户之乡，有市之邑，歌谣舞蹈，独处成群"。

人物山水图

■《木兰诗》诗意图

由于生活较为安定，礼教日益松弛，民间情歌，
纯真而大胆；商人、官吏与歌儿舞女杂处，以乐歌相
娱，也多言男女之情。

因此，南方情歌，情景相谐，婉媚而清新。由
此，爱情成为南朝乐府民歌的唯一主题。

南朝乐府民歌生动地描写了少男少女彼此间真诚
的爱慕，会面时天真愉快的神情和活动，离别以后沉
重而又痛苦的相思情绪，富有浪漫色彩，情调婉转缠
绵，格调鲜丽明快。

南朝民歌长于以委婉细腻的笔法，描写所爱者的
心理活动，其语言清新流丽，多用双关比喻，表现出
来自南方女子特有的俏巧聪慧，如《子夜歌》：

始欲识郎时，两心望如一。
理丝入残机，何悟不成匹？

同音异字如以"丝"双关"思"；同字异义如以

布"匹"双关"匹"配，皆委婉含蓄，曲尽其妙。

南朝乐府民歌在描写爱情的时候，常常使用了巧妙的比喻和夸张的手法，发挥了丰富的想象，使它的思想内容表现得非常生动突出。例如《子夜歌年少当及时》篇，拿霜下草恰当地比喻了青春的容易消逝，使人明白应及时相爱。

又如《读曲歌》用突然掉入井里的飞鸟来比喻一个刚听到对方变心的女郎的骤然从欢愉转为悲愁的思想情感，刻画得非常贴切。

《华山畿》是南朝时流行在长江下游的民歌。形容女子悲痛落泪时，把泪水夸张得如同江水一般，它可以使身子沉没，不但表现了丰富的想象力，而且很好地表现了女子对于爱情的热烈态度。

南朝诗歌的形式，以五言四句为主，约占总数的三分之二。其余的四言及杂言体诗，篇幅也很短小。短小的篇幅对形成明快的诗风，具有关键的意义。南朝民歌中占主导的五言四句的格式，对五言绝句的形成，也起了极大的作用。

如《西洲曲》是南朝乐府民歌中一首最长的五言抒情诗，在《乐府诗集》中属《杂曲歌辞》。全诗32句，4句一节。

诗写一个女子对情人的思念，心理描写细腻，情思缠绵，并与自然景色相交融，写景秀丽。语言清新明丽，采用"钩句"连接上下，一意贯通而又摇曳多姿。换韵造成回环婉转的效果。从内容到形式都堪称上乘。

北朝乐府民歌除了歌咏男女爱情的篇章以外，还有一些反映

《华山》诗意图

民间疾苦、战乱苦难、边塞风光和歌颂英雄的诗篇。北朝乐府民歌存有60多首，多保存在《乐府诗集·梁鼓角横吹曲》中，另有少量保存在《杂曲歌辞》和《杂歌谣辞》中。

自然条件培养了北方人粗犷豪迈、坚忍顽强的性格，少数民族的游牧生活也养成了粗豪强悍的气质。自然北朝乐府民歌也带有粗犷豪放、刚健激越、金戈铁马之气。

北朝乐府民歌比南朝乐府民歌表现内容要丰富，有表现北国风光的，如《敕勒川》全诗仅27字，却展现了北方大草原广阔无垠、混沌苍茫的景象，并反映了北方民族的生活面貌和精神面貌。

《企喻歌》反映了北方民族的游牧生活和尚武精神，同时，也反映出战争及其战争给人们带来的多种苦难。《地驱歌乐辞》反映了热烈奔放的爱情婚姻。

由于北方少数民族的社会组织、人文风俗原始朴野，不受礼教束

缚，其诗歌抒情真率直爽，语言质朴有力，格调苍劲豪迈，显示出北方民族独有的特色。叙事长诗《木兰诗》是北朝乐府民歌中的奇葩，是北朝民歌的代表作。

唧唧复唧唧，木兰当户织。不闻机杼声，惟闻女叹息。
问女何所思，问女何所忆。女亦无所思，女亦无所忆。
昨夜见军帖，可汗大点兵。军书十二卷，卷卷有爷名。
阿爷无大儿，木兰无长兄。愿为市鞍马，从此替爷征。
……

这首诗写了木兰女扮男装、替父从军、身经百战、功成身退的生动故事。诗人以乐观的态度和赞叹的笔调写出木兰的慷慨从戎，为国效力以及功成不受封的事迹，而且以活泼、幽默的语言写出木兰为父

■《木兰诗》插图

亲分忧，重着女装的喜悦以及面对战友时的调皮，从而创造出一位天真妩媚、勇敢高尚的丰满的女性形象。

诗人将木兰的形象塑造得十分美好，她集勤劳、孝顺、机智、勇敢、淡泊于一身，成为后代人心目中女英雄的典范。

《木兰诗》篇幅虽然较长，但却又繁简得当，语言流畅明快，顶真修辞运用巧妙，比喻恰切生动，铺排有致，而且善于用对话表现人物性格，风格刚健清新。

北朝乐府民歌艺术上的最大特点是直抒胸臆，气盛词质，快人快语。其于四、五、七言和杂言的灵活运用，就能看出北方民族不受形式约束的自由创造精神。

诗的历史与艺术特色

南北朝乐府民歌对后世产生了重大影响，它继承了汉代乐府民歌的现实主义精神，这一点北朝民歌有突出的表现。另外，在诗的体裁方面，南北朝民歌开辟了一条抒情小诗的新道路，这就是五、七言绝句体。五言四句的小诗，汉代民歌中虽已出现，但数量极少，但在南北朝民歌中却大量出现。

汉代民歌中杂言体虽很多，且有不少优秀作品，但篇幅都较小，像《木兰诗》这样长达300多字的巨制，还是前所未有的。这对唐代七言歌行的发展也起了示范性的推动作用。

阅读链接

唐代大诗人杜甫《草堂》诗写道："旧犬喜我归，低徊入衣裾。邻舍喜我归，沽酒携胡芦。大官喜我来，遣骑问所须。城郭喜我来，宾客临村墟。"一连用4个"喜"字造成排句，气势极大，实际上，这4句是从北朝叙事诗《木兰诗》"爷娘闻女来"等句脱化而来的。

唐代以后，诗人们由于处境的险恶，往往利用双关语写作政治讽刺诗，来曲折地表达他们那种难以明言的爱国深衷，这一发展显然是基于南朝时期民歌的。

唐代是我国古典诗歌的黄金时代，代表了古代文学的最高成就。唐代诗歌不仅数量超出以前各代诗歌总和的两三倍以上，而且质量极高，题材也极为丰富，诗体大备，名家辈出。

唐诗成就卓著，是在唐代政治、经济进一步发展、变革的历史条件下，在社会思想比较开放，艺术文化普遍高涨的推动下，是诗人们继承和发扬《诗经》《楚辞》以来的优良传统，广泛总结前人的创作经验，百花齐放、推陈出新的结果。

显示出我国古典诗歌已发展到完全成熟的阶段。唐诗的发展大致经历了初唐、盛唐、中唐、晚唐4个阶段。

唐代诗歌

过渡和创新的唐代初期诗歌

南朝时期，诗人们普遍关注声律，他们对声律的研究非常繁盛。南朝齐武帝永明时期的周颙首先发明汉字的平、上、去、入4种声调；沈约撰有《四声谱》，把对四声的讲究从文字学直接引向诗歌创作，提出了"四声八病"说。

沈约等人创作的诗歌是一种新的诗体，被称为"永明体"。至梁代，许多诗人对于声律的讲究越来越细密，他们的诗歌讲究对仗、押韵、平仄。

唐代初期指618年至713年，这一时期，南朝诗歌的对仗、押韵得到了初唐诗人的认同，对仗、押韵由此在诗中得到应用并获得发展。初唐时期，诗人上官仪、沈佺期、宋之问、"初唐四杰"、陈子昂的成就较大，代表了初唐诗歌的最高峰。

上官仪，唐高宗时供职门下省，曾受到唐高宗和皇后武则天的赏识。上官仪是太宗朝后期的重要的宫廷诗人，高宗朝时成为诗坛盟主。上官仪的诗多吟咏风月，粉饰太平。

■ 唐诗写意画

　　上官仪的诗物象美丽，音律优雅，自有一种精致的美感，被称为"上官体"，仿效的人很多。上官仪还将六朝时期以来诗歌艺术中的对仗手法总结为"六对""八对"等法式，对词与词、句与句之间的对偶进行了较为全面的概括，对律诗的定型起到了一定的促进作用。

　　在上官仪之后，中宗时代的宫廷诗人沈佺期、宋之问也取得了相当的成就。沈佺期和宋之问的成就主要表现在律诗的创作上，他们总结了前人有关声律的理论及实践经验，最终完成了律诗形式上的定制。

　　沈佺期、宋之问的诗作音韵更加严整，而且合乎黏附规则，不仅如此，他们的律诗创作一定程度上还体现了自己的创作个性，摆脱了早期宫体诗空洞堆砌藻饰的弊病，为律诗注入了情感内涵。

　　初唐诗人中最著名的是"初唐四杰"：王勃、杨炯、卢照邻、骆宾王。他们才情洋溢且地位不高，他们把唐诗从描写宫廷生活的狭窄内容中解放出来，抒

宫体诗 宫体既指一种描写宫廷生活的诗体，又指在宫廷所形成的一种诗风，始于简文帝萧纲。萧纲为太子时，常与文人墨客在东宫相互唱和。其内容多是宫廷生活及男女私情，形式上则追求辞藻靡丽，时称"宫体"，这类诗就被称为"宫体诗"。

五绝 即五言绝句，是绝句的一种，属于近体诗范畴。绝句由四句组成，有严格的格律要求。常见的绝句有五言绝句、七言绝句，而六言绝句较为少见。五言绝句就是五言四句而又合乎律诗规范的小诗，简称"五绝"。

写悲欢离合的人生感慨和建功立业的豪情。

王勃，他幼年聪慧，据说6岁就能做得一手好文章，15岁上书指陈朝政。王勃的诗，以五律、五绝见长，题材多是抒情和赠答。五律《送杜少府之任蜀州》一诗，用朴素的语言直抒胸臆，洋溢着积极向上的乐观精神。

海内存知己，天涯若比邻。

超越了以往送别诗中浓郁的悲情，表现出志在四方的豪气。五绝《山中》诗中"况属高风晚，山山黄叶飞"，用秋风黄叶烘托思归之情，意境浑融。七言歌行《滕王阁诗》在开阔高远的境界中融入思古幽情，感慨今昔。

杨炯，少时聪慧，10岁不到就参加了童子试，被誉为神童。他的诗歌中两个主题比较突出，一是山水行游；二是边塞从军。其中，边塞诗写得雄浑壮丽，纵横奔放。

杨炯的名篇《从军行》中的"宁为百夫长，胜作一书生"，豪情壮志，溢于言表，开了盛唐诗人向往边塞生活的先河。杨炯的五律写得很好，现存14首五律，全部都符合近体诗的格律。

卢照邻，一生坎坷，贫病交加，著有《幽忧子集》10卷。他的诗有96首，以七言歌行见长。诗歌内容多是萧疏清冷的愁苦之

■ 王勃雕塑

音，对社会的黑暗做了一定的揭露。

卢照邻的代表作《长安古意》，用赋的手法，通过一个个侧面的展示，描绘了一幅规模宏大的都市风光图。诗人在描写时用了极为华丽的辞藻，浓墨重彩，十分生动，但在结尾处，笔锋一转，指出这一切现世繁华都是不可长久的。

骆宾王，擅长七言歌行。代表作《帝京篇》从长安的壮观和豪华写起，转而抒发人世兴废的感叹，从中体悟人生哲理，最后抨击世态炎凉、贤者不遇的现实。

骆宾王最著名的诗歌是他的五言律诗《在狱咏蝉》，他在诗中结合自己的身世遭遇，以高洁的蝉自喻，托物见志，慨叹朝廷视听不察，无人为自己昭雪冤屈，孤傲之气淋漓尽致地呈现。

"初唐四杰"的诗作，开始把诗歌从宫廷带入市井，突破了宫体诗的固有范畴，扩大了诗歌题材，诗里表现了积极进取的精神和郁勃不平的愤慨。

在"初唐四杰"之后，还有一位著名的诗人不能不提，那就是陈子昂。陈子昂，684年进士及第，担任过右拾遗等官职。

陈子昂是一位诗坛的革新者。他反对六朝时期华靡虚弱的文风，提倡诗歌应恢复汉魏风骨和风雅兴寄，"风骨"的意思就是诗歌要有建康充沛的思想感情、刚健质朴的风格。"兴寄"就是要求诗歌有感而发，寄托讽喻，直陈时弊，这个建议为诗歌的发展指明了方向。

陈子昂的诗歌创作即是他诗歌革新理论的成果，代表作是《感遇》诗38首。这组诗歌的内容或借古讽今，或托物寄情，或讽刺现实，或感叹人生，风格激昂悲壮、质朴刚健，如《感遇·本为贵公子》把进取之情表现得十分昂扬，这里不再采用比兴手法，而是直抒胸臆。

组诗《蓟丘览古增卢居士藏用》也是陈子昂的代表作，在这组诗中，诗人慷慨怀古，把个人怀才不遇的感慨展放于宏阔的历史背景中，风格深沉悲壮。《登幽州台歌》是他著名的一首短诗，诗写道：

前不见古人，后不见来者。
念天地之悠悠，独怆然而泪下。

抒发了他失意时的孤寂情怀，虽牢骚满腹，一腔愤慨，表达的却是开创者的高蹈胸怀，显得悲壮而不消极。

阅读链接

骆宾王22岁那年第一次入京应试。考试前，很多考生千方百计请托、通关节，竭力钻营，在正式考试之前的场外活动十分激烈。

骆宾王自恃学识精博，加上出身低下，没有关系和门路从事这种院外的竞争，因此在那些考生大肆进行舞弊勾当的同时，他却悠闲自得地饱览京、洛名胜。考试的结果是骆宾王名落孙山。这给了骆宾王一个沉重的打击，使他对科举考试有了一个新的认识。

山水田园诗派和边塞诗派

713年进入了盛唐时期，在这一时期，继陶渊明、谢灵运之后，山水田园诗又一次兴起与发展起来。这些诗歌或描写雄壮广阔的山水胜境，或反映清幽恬静的田园生活情趣，充分展示了山水田园诗的魅力。这一派诗人中最著名的是孟浩然和王维，故又称"王孟诗派"。

孟浩然，长期居家生活，并曾一度隐居于家乡附近的鹿门山。孟浩然终身不仕，一生有很浓的隐逸色彩。

孟浩然在盛唐诗人中年辈最高，他最早摆脱初唐狭隘的诗境，是一个大力创作山水田园诗的诗人。在他的诗里，既成功地描绘出一系列幽雅恬静的环境，也塑造了一个生活在其间的高洁之士的形象。

孟浩然画像

孟浩然的代表作《过故人庄》一诗用通俗的语言描写了朴质无华的田园生活，非常切近生活。

《宿建德江》改变了传统山水诗景象罗列的板滞的弊病，以情兴为主，选取典型性的物象，并采用侧面对比或烘托的手法，化密实为清空，形成了清旷疏淡的独特意境。

孟浩然的诗歌将传统田园和山水题材加以融合，以清旷的意象组合，明净冲淡的语言，对盛唐田园山水诗作出了独特贡献。

王维，年少聪慧，17岁写下的"每逢佳节倍思亲"诗句，广为流传。他不仅诗才早慧，而且能书善画，精通音律。20岁时中进士，开始进入官场，但他不热心做官，走上了一条半官半隐的道路，写下了大量的山水田园诗。

王维的诗歌创作，以37岁为界分为前后两期。前期作品酣畅豪放，乐观进取，创作中表现了积极向上的时代精神和生活态度，多作边塞游侠诗和幽愤诗，如《老将行》《使至塞上》《观猎》等。这些诗笔力雄健，情调激昂，风格豪放，体现了一种阳刚之美。

王维后期以创作山水田园诗为主。山水田园诗，在他的笔下，写

出了一种宁静恬适的境界。《渭川田家》写野老牧童、牛羊雉蚕、麦苗桑叶，也把田园生活写得宁静、和谐而温馨。写道：

斜阳照墟落，穷巷牛羊归。

野老念牧童，倚杖候荆扉。

雉雊麦苗秀，蚕眠桑叶稀。

田夫荷锄至，相见语依依。

……

王维的诗歌最主要的特色是诗中有画，他善于在诗中营造画意，从而使诗歌具有仿佛诉诸视觉上的鲜明形象。其次，王维的诗歌意境清幽而富于生机。

除孟浩然、王维外，山水田园诗人中，还有储光羲、常建、祖咏等。这些人的山水田园诗的风格和孟浩然、王维的山水田园诗风格比较接近。

唐王朝重视边功，很多文人都把立功边塞当作求取功名的新出

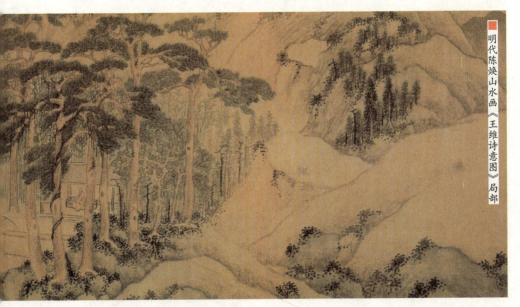

明代陈焕山水画《王维诗意图》局部

岑参塑像

路，有些诗人还有从军入伍或边塞漫游的经历。他们将所见、所感、所思表现于诗歌，这样就刺激了边塞诗的发展，并使边塞诗创作达到高潮。

盛唐时期的边塞诗以边塞战争为主要题材，但也不局限于此。边塞的奇异风情，军中的苦乐悬殊，诗人建功立业的愿望和慷慨不平的意气，甚至一些送人出塞的诗歌也都有所体现。

边塞诗景象开阔，气势宏伟，情调悲壮，神情激越，大多采用七言歌行和七言绝句的形式。这一派诗人中最著名的是高适和岑参，故又称"高岑诗派"。

高适，早年生活困顿，喜欢交游，为人不拘小节，颇有游侠之风。48岁时经人推荐，出任封丘尉，不久弃官而去。后来投在河西节度使哥舒翰的幕下，做记事参军。

高适的一些诗作反映了民生疾苦，如《东平路遇大水》；有些诗篇感叹个人不遇，如《宋中遇陈二》；还有一些送别应酬诗，如《别董大》；等等。

高适最有名的诗作是边塞诗，或反映征人思妇的感情，或描写边塞生活风貌、战斗场面，或抒发报国壮怀。最有名的边塞诗作是《燕歌行》，诗人把慷慨应征、转战绝域，以至久战不归、两地相思、军中苦乐不均和荒凉的塞外风景，一一写入诗中。

山川萧条极边土，胡骑凭陵杂风雨。

战士军前半死生，美人帐下犹歌舞。

　　高适在这首七言歌行里，融进了许多律句，讲究对偶，使音节更和谐、更上口，在歌行体中别具特色。

　　高适的诗无论是描绘边塞风光还是民俗风情，都是为了表达自己沉重的忧国忧民之情，抒发报效国家的豪情壮志。他以政治家、军事家的胆识气魄，深刻地揭示边防政策的弊端，陈述自己对战争的见解，带着明显的政论色彩。

　　岑参，出身官宦之家，幼年丧父，他奋发有为，读书上进，擅长诗文。30岁考中进士，曾出任安西北庭节度判官，后又任嘉州刺史。

　　岑参两度出塞，对边塞生活十分熟悉。因此他的诗能真实、生动地描写奇丽的边塞风光和激烈的战斗场面，深刻地表现了他的爱国主义情怀。他满怀激情地歌唱了西北边塞雄奇瑰丽的自然风光和新鲜奇异的边塞风物。如漫天飘舞的飞雪，突兀炎热的火山，神异奇特的热海水，千姿百态的火山云，以及婀娜多姿的民族舞蹈，秀色媚景的天山奇花等，内容丰富。

　　岑参边塞诗中最有名的杰作是《走马川行奉送出师西征》《轮台歌

■ 汉唐边塞诗长廊

奉送封大夫出师西征》《白雪歌送武判官归京》。《白雪歌送武判官归京》一诗在描写冰天雪地的同时，也写出了炽热的送别友情。

……

瀚海阑干百丈冰，愁云惨淡万里凝。

中军置酒饮归客，胡琴琵琶与羌笛。

纷纷暮雪下辕门，风掣红旗冻不翻。

轮台东门送君去，去时雪满天山路。

山回路转不见君，雪上空留马行处。

岑参的诗富于幻想，善于夸张，如《走马川行奉送出师西征》中的"轮台九月风夜吼，一川碎石大如斗，随风满地石乱走"；《热海行送崔侍御还京》中的"侧闻阴山胡儿语，西头热海水如煮。海上众鸟不敢飞，中有鲤鱼长且肥。"等无不写得新奇出色。

除高适、岑参外，王昌龄、李颀及王之涣等人的边塞诗也写得很有特色。王昌龄的边塞诗以七言绝句的形式来表现，边塞诗的代表作主要有《从军行》7首和《出塞》两首。李颀擅长七言歌行，代表作有《古从军行》《古意》《古塞下曲》。

阅读链接

边塞诗的起源可以追溯至春秋时期。《诗经》中《东山》《无衣》等篇章，被看作边塞诗的最早萌芽。此外，还有《九歌》中的《国殇》等，都是早期这类题材的作品。

《九歌》是屈原的作品。《国殇》是《九歌》中唯一一篇关于祭祀在边疆保卫国土战死将士的祭歌，也是我国最早、最著名的一篇歌颂爱国主义和牺牲精神的光辉诗篇。

韦应物和柳宗元诗歌特色

　　山水田园诗派除了孟浩然和王维外，韦应物和柳宗元对山水田园诗也贡献卓著，他们继孟浩然和王维之后，又开山水田园诗新貌。

　　韦应物，陕西西安人。他15岁时以"门荫"的身份进入宫廷。在此期间，他年少荒唐，并未认真读书、做人。安史之乱时，流落民间，此后他痛改前非，从一个富贵浪子摇身一变成为忠厚仁爱的儒者，开始诗歌创作生涯。

韦应物画像

　　韦应物大部分时间在做地方官吏。在地方官任上，韦应物勤于吏职，简政爱民。但是，韦应物苏州刺史届满后，没有得到新的任命，他一贫如洗，贫困到居然没有回京候选的路费，寄居于

韦应物山水诗的写意画

苏州无定寺，不久就客死他乡。

韦应物在山水田园诗的创作上，自成一家，取得了极高的成就。他的这类作品通过清淡幽美的山水意象，传达作者恬淡自适和寂寞幽独的意绪，风格澄淡、意境超逸、气韵温润、语言洗练，为山水田园诗的创作开创出极富个性的新面貌。

《滁州西涧》是韦应物最有代表性的山水诗。滁州城的西门外有一条西涧，俗名上马河，环境幽美。韦应物任滁州刺史时，常去游赏、赋诗，还在涧边种了柳树。这首诗就是他即景之作。

独怜幽草涧边生，上有黄鹂深树鸣。
春潮带雨晚来急，野渡无人舟自横。

"独怜幽草涧边生，上有黄鹂深树鸣。"这两句泛写暮春景物。暮春时节，诗人漫游来到涧边。此时花已凋落，只剩下一片碧绿清香的幽草，在树丛深处传来黄莺的鸣叫声。诗人独怜幽草，无意听黄莺歌唱，流露出恬淡的心情。

后面两句写傍晚景色。"春潮带雨晚来急，野渡无人舟自横。"

春潮上涨，傍晚又下了一场急雨，流水愈加湍急，古渡口看不到人迹，只见一只小船，悠然自在地横在岸边。这两句描绘了一幅荒野古渡幽静而有生趣的景象，反映出诗人闲适自得的心情。末句"野渡无人舟自横"意境幽深渺远，一向为人们称道。再看诗人的另一篇山水诗《蓝岭精舍》：

> 石壁精舍高，排云聊直上。
>
> 佳游惬始愿，忘险得前赏。
>
> 崖倾景方晦，谷转川如掌。
>
> 绿林舍萧条，飞阁起弘敞。
>
> 道人上方至，清夜还独往。
>
> 日落群山阴，天秋百泉响。
>
> 所嗟累已成，安得长偃仰。

本诗生动地描绘了蓝岭寺观独特的景物和环境，表达了诗人浓厚的游览快感，同时也流露出诗人对闲静生活的向往之情。

这首诗随游而纪实景，随感而发真情。纪实景记得逼真自然，能使人读之如临其境；发真情而无半分造作，能使人读之深信其真。

所以，有人评说："人谓左司学陶，而风格时近小谢。"就山水诗来说，诗人的确在某种程度上融合了陶渊明和谢灵运诗中的一些优点。

在韦应物的山水诗中，山

■ 韦应物诗意图

成熟繁荣

唐代诗歌

水田园不尽是恬静而安谧，而是不时可见劳动人民的辛酸，这是与前辈孟浩然、王维等人的山水诗不同之处。从《登楼寄王卿》《广德中洛阳作》《始至郡》等诗中均不难看出诗人对人民疾苦的同情。

看《登楼寄王卿》：

踏阁攀林恨不同，楚云沧海思无穷。
数家砧杵秋山下，一郡荆榛寒雨中。

王卿是作者的好友，以前常一同攀林登山，赋诗抒怀，后来南北一方，作者对他非常挂念。一个天高气爽的秋日，诗人独自攀山登楼，目睹四野一片荒凉景象，感慨万千，不由想起以往与王卿一同登

韦应物《登楼寄王卿》诗意图

高望远的情景，于是写下了这首七绝。

首两句写寄诗之情。"踏阁攀林恨不同"，"踏阁"，即登上楼阁；"攀林"，即攀林登山。楼阁在山上，应是先登山后登楼阁，由于声调关系，这里颠倒来用。

秋日出游，本多感慨，现在又是独自登临，无好友在一起相与谈论，心情更觉怅惘，故而有"恨不同"的叹恨。

"楚云沧海思无穷"，"楚云"，指南方，"沧海"，指北方。当时作者宦游江南，时值兵

乱之后，与好友南北一方，关山阻隔，路遥途远，相思相望，颇感伤怀。"思无穷"3字，表现出了作者无限伤时和思友之情。

后两句目中所见的凄凉景象。"数家砧杵秋山下，一郡荆榛寒雨中。"秋山之下，只余稀落的几家人在捣洗衣服，人们已四处流亡，州中已空无人烟；寒雨之中，一郡但见荆棘丛生，不见稷黍。这两句表现出了兵乱后整个州郡民生凋敝、田园荒芜的凄凉景象。

诗人是一州的长官，身负养民、保民、安民之责，目睹这种凄凉景象，内心十分痛苦。他在《京师叛乱寄诸弟》诗中说："忧来上北楼"，在《寄李儋元锡》诗中说："邑有流亡愧俸钱"，都流露了这一为民忧苦的思想。

■ 韦应物诗意图

韦应物的这种超脱山水诗意境的诗作十分可贵，诗人白居易在《与元九书》说韦应物的诗"才丽之外，颇近兴讽"，正是就这类作品而言的。

柳宗元，字子厚，山西运城人，世称柳河东，因官终柳州刺史，又称"柳柳州"。他是著名的文学家、哲学家、散文家和思想家。

在北朝时，柳氏是著名的门阀士族，但到柳宗元出生时，其家族已经衰落。柳宗元的家庭出身，使他

郡 是我国古代行政区域，始见于战国时期。秦代以前比县小，从秦代起比县大。后汉时起，郡成为州的下级行政单位，介于州、县之间。隋朝废除郡制，以县直隶于州。唐朝的排列则是道、州、县。明清时期称府。

始终保持着对祖先德风与功业的向往。他常常以自豪的语气，叙说祖上的地位与荣耀，表现出强烈的重振家族的愿望和对功名的追求。

柳宗元的家庭是一个具有浓厚的文化气氛的家庭，母亲卢氏信佛，聪明贤淑，很有见识，并有一定的文化素养。柳宗元对知识产生浓厚的兴趣，得益于母亲的启蒙教育。母亲的良好品格，也从小熏陶了柳宗元。

除了母亲外，父亲柳镇的品格、学识和文章对柳宗元更有直接的影响。柳镇深明经术，信奉儒学、能诗善文，曾与当时有名的诗人李益唱和。父亲和母亲给予柳宗元儒学和佛学的双重影响，这为他后来"统合儒佛"思想奠定了基础。

柳宗元20岁步入官场，工作之便，使他得以博览群书，开阔眼界，同时也开始接触朝臣官僚，了解官场情况，并关心、参与政治。

柳宗元目睹政治上的黑暗腐败，逐渐萌发了改革的愿望，后来成

柳宗元画像

为王叔文革新派的重要人物。年轻的柳宗元在政治舞台上同宦官、豪族、旧官僚进行了尖锐的斗争。他的革新精神与斗争精神是非常可贵的。

革新失败后，柳宗元被贬到永州，与67岁的老母亲寄宿龙兴寺。由于生活艰苦，到永州不出半年，母亲卢氏便离开了人世。

在永州，残酷的政治迫害，艰苦的生活环境，使柳宗元悲愤、忧郁、痛苦，加之几次无情的火灾，严重损害了他的健康。但是，贬谪生涯所经受的种种迫害和磨难，并未能动摇柳

宗元的政治理想。

在永州的10年间，他的斗争则转到了思想文化领域。他广泛研究古往今来关于哲学、政治、历史、文学等方面的一些重大问题，撰文著书。《封建论》《天对》《六逆论》等著名作品，大多是在永州完成的。

作为唐代古文运动的代表，柳宗元一生作诗不多，现存仅有164首，但他的诗很有特色，是中唐山水诗的代表诗人，与韦应物齐名，并称"韦柳"，"王孟韦柳"中的柳指的就是柳宗元。

柳宗元山水诗写意画

柳宗元的山水诗，主要创作于被贬后的永州和后来再次被贬的柳州，这两个时期。他的山水诗也主要是围绕这两次被贬谪的心理变化展开的，诗歌主要以抒情为主。

这种心境可以看作者的《渔翁》：

渔翁夜傍西岩宿，晓汲清湘燃楚竹。
烟销日出不见人，欸乃一声山水绿。
回看天际下中流，岩上无心云相逐。

这首诗通过渔翁在山水间获得内心宁静的描写，表达了作者在政治革新失败、自身遭受打击后寻求超脱的心境。

全诗就像一幅飘逸的风情画，充满了色彩和动感，境界奇妙动人。其中"烟销日出不见人，欸乃一声山水绿"两句尤为人所称道。

■ 柳宗元祠

绝句 起源于两汉，成形于魏晋南北朝，兴盛于唐朝，当时都是四句一首，称为"联句"，《文心雕龙·明诗》所谓"联句共韵，则柏梁余制"。唐宋两代，是中国经典诗歌的黄金时代，绝句风靡于世，创作之繁荣，名章佳什犹如群芳争艳，美不胜收，可谓空前绝后。

从永州到柳州，柳宗元的山水诗创作发生很大转变。从形式上，山水诗是从五言到七言，以古体为主到以近体为主，从意象上是从清秀澄明到奇崛险怪，从情感上是从忧伤到绝望，形成柳宗元山水诗独特的演变轨迹。

在形式上，柳宗元在永州时期的诗歌以五言诗为主，继承了谢灵运以来山水诗的基本形式特征。

到柳州后，他则开始大量写作七言诗。永州时期那种篇幅宏大的山水诗在这一时期已经不见踪影，取代它的是篇幅短小的律诗绝句。

在诗歌创作中，律诗难于古诗，绝句难于八句，七言律诗难于五言律诗。而柳宗元在柳州时期创作的七言律诗成就之高，被后人称为"比老杜尤工"，这充分说明了柳宗元七言律诗的水平之高。

在意象上，柳宗元永州时期的山水诗追求的是清、静，采用的意象经常是充满清秀幽静之气的，描写水和林的地方很多。他以清水来比喻自己的清白，以弃地来比喻自己的地位，以宁静来平衡心理，这是柳宗元永州山水诗的特点，如《江雪》：

> 千山鸟飞绝，万径人踪灭。
> 孤舟蓑笠翁，独钓寒江雪。

四句诗，有山有水，有孤舟，有渔翁垂钓，人物与景色浑然一体，诗情画意极佳，是一幅绝妙的寒江独钓图。表面上看似乎写景，其实是借江野雪景的描写来塑造诗人自己的形象的。"孤舟蓑笠翁，独钓寒江雪"，这一形象，实际上是诗人的自画像。

柳宗元被贬永州十年后入京，复外放到更僻远的柳州，在情感方面，柳宗元两次被贬，很受打击。这时期的山水诗，没有了那种细致具体地描摹山水的作品，而是通过一些精炼抽象，具有概括性的语言进行的表达。

在这时期，柳宗元往往将山水视为一种精神上的负担，因而山水

■柳宗元《江雪》诗意图

意象也就显得凄婉哀绝、奇崛险怪，看《柳州二月榕叶落尽偶题》：

宦情羁思共凄凄，春半如秋意转迷。
山城过雨百花尽，榕叶满庭莺乱啼。

全诗将心境与物色打成一片。景物萧索，不仅因了伤心人别有怀抱、以我观物的缘故，同时反过来又更增其伤怀，结果是宦情羁思更凄凄了。

由此可以看出，柳宗元在柳州时期的山水诗在意象的取舍上除了与地方特色结合外，更注重个人情怀的取舍。这些奇崛险怪的意象一再出现，是柳宗元后期山水诗创作的特色。

阅读链接

据说北宋宣和年间，画院招考画师，考题是韦应物《滁州西涧》诗中那句"野渡无人舟自横"。要求根据这句诗，画出相应的画。各画师接到题目后，无不精心构思，大家都绞尽脑汁考虑怎样才能更好地表现出"无人"之境。经过评选，有一幅名列榜首，被贴出来以供观赏。

这幅画在构图上比别的画有一个特殊的地方：别的画无论构思、设色怎样不同，却都只是按原诗句字面的意思，画了一个幽静的古渡口横着一只空船，表明"无人"。而这幅画的作者却独具匠心，在空船头上添上一只小鸟。

这样一来，不但颇具说服力地表明"无人"，而且表现出幽深无人之境中的生趣一下子在意境上就高出众作许多。这正是韦应物的诗意所在。大家看了画后，都认为这位作者深得韦应物的诗魂，将其画名列榜首，当之无愧。

李白铸就浪漫主义诗歌高峰

李白，4岁时，随父亲迁居四川剑南道绵州昌隆的青莲乡，因此自号青莲居士。

据说，李白的父亲可能是位较为成功的商人，因此，家境颇为富裕。据说李白周岁抓周时，抓了一本诗经。他父亲很高兴，认为儿子长大后可能成为有名的诗人，就想为李白取一个好名字，以免后人笑自己没有学问。

李白画像

由于他对儿子起名慎重，越慎重就越想不出来。直至儿子7岁，还没想好合适的名字。

那年春天，李白的父亲对妻儿说："我想写一首春日绝句，只写两句，你母子一人给我添一

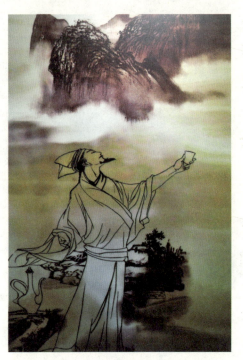

■ 李白饮酒赋诗图

句，凑合凑合。一句是'春风送暖百花开'，一句是'迎春绽金它先来'。"

母亲想了好一阵子，说："火烧杏林红霞落。"

李白等母亲说罢，不假思索地向院中盛开的李树一指，脱口说道："李花怒放一树白。"

父亲一听，拍手叫好，果然儿子有诗才。他越念心里越喜欢，念着念着，忽然心想这句诗的开头一字不正是自家的姓吗？这最后一个白字用得真好，正说出一树李花圣洁如雪。于是，李白的名字便得来了。

李白的青少年时期在四川度过，他自幼涉猎的学问很广泛，爱好也多种多样。他既攻读儒学，练习剑术，又学习神仙方术，结交道士。

24岁时，李白"仗剑去国，辞亲远游"，他沿江而下，漫游了湖北、河南、山东、安徽、江苏、浙江等地，走了大半个中国，却未受到朝廷的重视，不得不扫兴而回。

42岁时，经道士吴筠的推荐，唐玄宗下诏召李白去长安，任命他做供奉翰林。李白欣喜若狂，以为发挥政治才华的机会到了，临去长安前，他在一首诗中这样写道："仰天大笑出门去，我辈岂是蓬蒿人。"豪迈和喜悦之情可谓溢于言表。

李白来到长安后，得到了唐玄宗的隆重接待。唐玄宗赏识李白的文学才华，让他写诗点缀大唐王朝的盛世景象，而没有给他在政治上显露才华的机会。因此，李白大失所望，心情陷入苦闷之中，每天与人喝酒解闷。

李白是个桀骜不驯、清高自傲的人，由于他蔑视权贵，很快就蒙受权贵的谗言，李白愤然离开长安。不久，李白在洛阳认识了诗人杜甫，两人结下了终生不渝的友谊。

后来，李白受永王李璘的牵连入狱，经人搭救，死罪免去，被流放夜郎，走到巫山一带时，正好赶上朝廷大赦，得以获释。此后，李白一直漂泊在江南一带。

李白生活在唐代极盛时期，他创作了大量的诗篇，既反映了那个时代的繁荣气象，也揭露和批判了统治集团的荒淫和腐败，表现出蔑视权贵，反抗传统束缚，追求自由和理想的积极精神。

李白继承了陈子昂诗歌革新的主张，在理论和实践上使诗歌革新取得了最后的成功。他在《古风》第一首中，回顾了整个诗歌发展的历史，指出"自从建安来，绮丽不足珍"。并以自豪的精神肯定了唐

翰林 古代皇帝的文学侍从官，翰林院从唐代起开始设立，初为供职具有艺能人士的机构，后来演变成了专门起草朝廷机密诏制的重要机构，在翰林院里任职的人称为"翰林学士"。

■ 李白醉酒图

诗力挽颓风，恢复风雅传统的正确道路。

在《古风》第三十五首中，李白又批评了当时残余的讲求模拟雕琢、忽视思想内容的形式主义诗风："一曲斐然子，雕虫丧天真。"

在创作实践上，李白和陈子昂有着相似之处，多写古体，少写律诗。但李白在学习乐府民歌以及大力开拓七言诗上，成就却远远超过陈子昂。他的这些努力对诗歌革新任务的完成起了巨大作用。

唐文学家李阳冰在李白死后为他编的诗集《草堂集》序中说："卢黄门云：'陈拾遗横制颓波，天下质文，翕然一变。'至今朝诗体，尚有梁陈宫掖之风，至公大变，扫地以尽。"这是对李白革新诗歌功绩的正确评价。

■ 李白诗意图

李白的诗内容十分丰富。一些诗表现他怀抱为国建功立业的政治理想以及关心祖国命运和前途的情感。他的《古风·西上莲花山》一诗，用游仙体，结尾处还是从幻想回到现实，对叛军的残暴表示愤怒，对民众的苦难寄予同情。

李白的一些诗充分表达了他酷爱自由的追求和蔑视利禄、鄙弃富贵的思想，他在《梦游天姥吟留别》发出"安能摧眉折腰事权贵，使我不得开心颜"的感叹。

李白的一些诗抒写了对友人的真挚情谊和对民众的亲切感情，如《赠汪伦》一诗："桃花潭水深千尺，不及汪伦送我情"。友人之间深厚的感情喷薄而出。

李白还创作了大量的描写自然风景的诗作。李白堪称中国诗人中的游侠，他用他的双脚和诗笔丰富了大唐的山水。他的大笔横扫，狂飙突进，于是，洞庭烟波、赤壁风云、蜀道猿啼、浩荡江河，全都一下子飞扬起来。

在诗中，诗人灵动飞扬，豪气纵横，像天上的云气；他神游物外，自由驰骋，像原野上的奔驰的骏马。在诗里，诗人一扫世俗的尘埃，完全恢复了他仙人的姿态，他的豪气义气，他的漂泊，全都达于极端。

李白的描写自然风景的诗常将自己丰富的情感寄托在写景中，如《望庐山瀑布》一诗：

日照香炉生紫烟，

遥看瀑布挂前川，

飞流直下三千尺，

疑是银河落九天。

全诗融情于景。庐山瀑布"飞流直下"的气势，洋溢着诗人昂扬激进的思想，蕴含着他对祖国锦绣山

■ 李白登山图

蜀道 也就是蜀地的道路。蜀地被群山环绕，古时交通不便，道路难以行走。蜀道是一个内涵极其丰富的大概念，包括四面八方通往古代蜀地的道路，有自三峡溯江而上的水道，由云南入蜀的樊道，有自甘肃入蜀的阴平道和自汉中入蜀的金牛道、米仓道、荔枝道等。

李白桃李园夜宴图

河的深切感情。

李白的诗充满了浓郁的浪漫主义色彩，他的诗歌，不仅具有最强烈的浪漫主义精神，而且还创造性地运用了一切浪漫主义的手法，使内容和形式得到高度的统一。

李白炽热的热爱祖国的感情，强烈的追求自由的个性，在表现各种生活的诗篇中都打下了不可磨灭的烙印，处处留下浓厚的自我表现的主观色彩。

李白在感情的表达上不是掩抑收敛，而是喷薄而出，一泻千里，当平常的语言不足以表达其激情时，就用大胆的夸张，当现实生活中的事物不足以形容、比喻、象征其思想愿望时，就借助非现实的神话和种种奇丽惊人的幻想。

与喷发式感情表达方式相结合，李白诗歌的想象变幻莫测，往往发想无端，奇之又奇。他的奇特的想象，常有异乎寻常的衔接，随情思流动而变化万端。

李白的诗一个想象与紧接着的另一个想象之间，跳跃极大，意象的衔接组合也是大跨度的，离奇悄

幻想 艺术幻想是一种创作手段，是作家不满足于模仿现实的本来形态，而按自己的需要来虚构形象的一种创作方法。它植根于生活，往往又对生活作夸张的叙述和描绘而达到一种升华，因而幻想中的事物比真实情况下的更活跃，更富色彩。

恍，纵横变幻，极尽才思敏捷之所能。

李白的诗，想象、比喻、夸张往往综合运用，如"燕山雪花大如席""白发三千丈，缘愁似个长"等，此外，李白还善于使用拟人手法，使大自然具有人的性情，为抒发感情服务。

李白的诗歌除具有浪漫主义的特色外，还具有语言明白自然，不见苦吟推敲痕迹。还有，李白喜欢用具有明丽色彩的词语，如清、明、白、碧、金等。

李白对月亮有着特殊的感情，月光和月亮对于李白来说是一种皎洁透明的象征，体现了他对光辉明亮事物的憧憬和追求。

李白的诗歌，继承了前代浪漫主义创作的成就，以他叛逆的思想，豪放的风格，反映了盛唐时代乐观向上的创造精神以及不满封建秩序的潜在力量。

李白的诗歌不仅扩大了浪漫主义的表现领域，丰富了浪漫主义的手法，并在一定程度上体现了浪漫主义和现实主义的结合。这些成就，使他的诗歌成为继屈原以后浪漫主义诗歌的新的高峰。

阅读链接

李白藐视权贵、反权贵的思想意识，是随着他的生活实践的丰富而日益自觉和成熟起来的。在早期，李白的这种思想主要表现为"不屈己、不干人""平交王侯"的平等要求。

随着对统治阶级高官实际情况的了解，李白进一步揭示了布衣和权贵的对立。他在《古风》中写道："珠玉买歌笑，糟糠养贤才。""梧桐巢燕雀，枳棘栖鸳鸯。"而在《梦游天姥吟留别》中，他发出了最响亮的呼声："安能摧眉折腰事权贵，使我不得开心颜！"这个艺术概括在李白诗歌中的意义，就如同杜甫的名句"朱门酒肉臭，路有冻死骨"在杜甫诗中一样重要。

杜甫铸就现实主义诗歌高峰

杜甫诗意图

　　杜甫，出生在一个有悠久传统的官僚世家。他的祖父杜审言是初唐著名诗人，对杜甫的成长影响很大。他的父亲杜闲做过兖州司马、奉天县令。杜甫接受的家庭教育是正统的儒家教育。

　　杜甫7岁能诗，十四五岁出入文场，并小有声名。20岁以后的10多年中，他基本过着漫游的生活，曾到过吴、越一带，又游至齐、赵之间。其间，24岁时首次参加进士考试，却名落孙山。

　　35岁时，杜甫来到唐都城长安，第二年又一次参加了进士考试，又一次名落孙山。起初，他对求取功名满怀信心，以为成功指日可待，但滞留长安10年却接连碰壁，生活陷入困顿。

万般无奈之下，杜甫求权贵引荐，最后只做得一个卑微的小官。后在唐肃宗时，任左拾遗。不久触怒肃宗，被贬斥。迫于生活的压力和对仕途的失望，他丢弃了所任的微职而进入蜀中求生存。

到达成都不久，依靠朋友严武的帮助，杜甫在城西建了一座草堂。在最初的两年多时间里，他的生活较为安逸。在朋友严武死后，杜甫彻底失去了生活上的依靠，他只好带着家人，登上一艘小船，过起流浪逃难的生活。

■ 杜甫画像

770年，59岁的杜甫，在湖南湘江的一艘小船上，凄凉地结束了艰难漂泊的一生。

杜甫的一生始终以儒家忠君忧民思想为主，不论穷困，还是发达，都以天下为念，这是他诗歌创作的基调。

杜甫生活在唐代由盛转衰的历史时期，他的诗作充分反映了当时社会矛盾和人民疾苦，被誉为"诗史"。杜甫诗歌把动荡的时代与个人遭遇合而为一，广泛而深刻地反映了历史事实和社会生活画面，具有巨大的现实意义。

杜甫诗歌内容丰富。青年时期的杜甫雄心勃勃，

进士 我国古代科举制度中，通过最后一级中央政府朝廷考试的人称为进士。是古代科举殿试及第者的称呼。意思是可以进授爵位的人。隋炀帝大业年间始置进士科目。唐代也设此科，凡应试者称为举进士，中试者都称为进士。元、明、清时期，贡士经殿试后，及第者皆赐出身称进士。

潼关 位于陕西省渭南市潼关县北，北临黄河，南踞山腰。《水经注》载："河在关内南流潼激关山，因谓之潼关。"始建于196年。潼关是关中的东大门，历来为兵家必争之地。在唐代，叛军首领安禄山曾经占据潼关西进，迫使唐玄宗仓皇西逃。

诗作多自述抱负、抒写理想之作。最成熟的代表作品大部分写于唐王朝急遽衰退的动乱期间，由战争造成的动乱景象、民生疾苦及其后社会凋敝的面貌，猛烈地撞击着诗人的心灵。

杜甫用血泪之笔，记录下一段民族的苦难历史，深刻地揭示了那个剧烈动荡时代的社会矛盾，忧国忧民的情怀是这部分诗歌的核心内容。

此外，杜甫还常常描摹风光景物，抒发日常生活的情思，以及咏怀历史遗迹，但也同样饱浸着对国家和人民的深挚感情。

《自京赴奉先县咏怀五百字》是反映社会真实情况的长篇史诗。诗中记述的自身遭遇和旅途中的所见所闻，皆与时代息息相关，"朱门酒肉臭，路有冻死骨"是当时尖锐的社会矛盾的最好概括。全诗集叙事、抒情、说理于一体，写得波澜浩瀚，极为壮观。

《石壕吏》《新安吏》和《潼关吏》是杜甫描写社会现实的作品，被称为《三吏》。同样的题材作品还有《三别》，分别是《新婚别》《无家别》和《垂老别》。

《石壕吏》通过作者亲眼所见的石壕吏乘夜捉人的故事，揭露封建统治者的残

■ 杜甫《潼关吏》诗意画

暴，反映了战争给广大人民带来的深重灾难，表达了诗人对劳动人民的深切同情。

杜甫《新婚别》诗意画

这首诗在艺术上的一大特点是精炼，把抒情和议论寓于叙事之中，爱憎分明。场面和细节描写自然真实。善于裁剪，中心突出。诗风明白晓畅又悲壮沉郁，是现实主义文学的典范之作。

《新安吏》全诗可分两个层次。前12句记述了军队抓丁和骨肉分离的场面，揭示了安史之乱给人们带来的痛苦；后16句笔锋一转，对百姓进行开导和劝慰。全诗反映了作者对统治者尽快平息叛乱、实现王朝中兴的期望。

《潼关吏》借潼关吏之口描述潼关天险，表达了诗人对当初桃林一战溃败的遗憾，希望守关将士们一定要以史为鉴，好好利用潼关天险保卫长安的安全。

《新婚别》描写了一对新婚夫妻的离别，塑造了一个深明大义的少妇形象。诗中写道：

兔丝附蓬麻，引蔓故不长。

嫁女与征夫，不如弃路旁。

结发为君妻，席不暖君床。

暮婚晨告别，无乃太匆忙。

君行虽不远，守边赴河阳。

妾身未分明，何以拜姑嫜？

父母养我时，日夜令我藏。

生女有所归，鸡狗亦得将。

君今往死地，沉痛迫中肠。

······

排律 律诗的一种，就律诗定格加以铺排延长，故称之为"排律"。每首至少10句，多则有至百韵者。除首尾两联外，中间各联都必须对仗。也可隔句相对，称为"扇对"。名称产生于元代杨士弘的《唐音》，至明代开始为人们普遍接受，并广泛地使用开来。

全诗模拟新妇的口吻自诉怨情，写出了当时人们面对战争的态度和复杂的心理，深刻地揭示了战争带给人们的巨大不幸。

《无家别》写了一个邺城败后还乡无家可归、重又被征的军人，通过他的遭遇反映出当时农村的凋敝荒芜以及人们的悲惨遭遇，对统治者的残暴、腐朽，进行了有力的鞭挞。全诗情景交融，感人至深。

《垂老别》通过描写一老翁暮年从军与老妻惜别的悲戚场景，不仅深刻地反映了安史之乱时期人们遭受的灾难与统治者的残酷，而且也忠实地表达了作者的爱国精神。全诗叙事抒情，立足生活，直入人心，剖析精微，准确传神地表现特定时代的生活真实。

杜甫诗歌的艺术成就是卓越的。现实主义精神贯穿于杜甫一生的创作实践。在诗作中，他把个人遭遇同时代的不幸、民众的苦难紧密联系起来，全面深刻地反映

■ 杜甫《无家别》诗意图

了所处历史时代的广阔的社会内容。

杜甫笔下的人物、事件乃至景物、风俗，无不体现出一定时代的特征，尤其表现当时重大的时事内容，闪耀着现实主义的光芒。

杜甫的诗形式多样，无论长篇短制，还是古风近体，皆运用自如，同时，还兼备众体，除五古、七古、五律、七律外，还有不少排律、拗体。

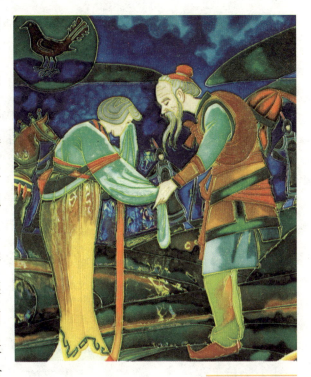

■ 杜甫《垂老别》诗意图

杜甫常常根据具体题材选择使用古体还是近体，一般说来，杜甫以叙事为主的诗歌常用伸缩性较强的五、七言古体长调，而以抒情为主的诗歌常用五、七言近体律诗。

杜甫的叙事诗叙事状物不同于传统叙事诗多概括性描写，而是善于以赋的手法作细节性的工笔细描。杜甫叙事诗中所铺陈的细节往往是生活的典型意象，能够高度浓缩和概况复杂的社会现象，揭示出其本质意义。

杜甫诗的语言讲究反复锤炼，力求达到"语不惊人死不休"的效果，因而，他的诗歌语言凝练概括，准确生动，耐人吟诵。他还常用人物独白和俗语来突

拗体 排合关系不合律的律体诗篇。律诗、绝句每句平仄都有规定，如果在该用平声字的地方用了仄声字，该用仄声字的地方用了平声字，则该字就叫"拗字"。有"拗字"的句子就叫"拗句"。全诗用拗句，或大部分用拗句，就叫作"拗体"。

出人物性格的个性化。在刻画人物时，特别善于抓住细节的描写。

杜甫还熟练掌握了语言声韵的运用。他常根据诗的内容和情绪，采用与之相适应的韵律，更大地发挥出诗的表现力和感染力。因此，杜甫的诗不仅具有形象的美，而且具有音乐的美。

杜甫诗歌最突出的风格是沉郁顿挫，他的诗意境壮阔，感情深沉，凝练警策。沉郁指情感的深沉悲慨，内蕴博大；顿挫指情感、结构的吞吐屈伸和音调节奏抑扬缓急的起伏迭变。每当杜甫痛心国事和人生遭遇时，这种风格便呈现笔端。

杜甫的诗具有浓郁的现实主义色彩，他上承《诗经》、汉魏乐府及初唐的现实主义传统，把现实主义诗歌推向新的高峰。

另外，杜甫还创作了大量的长篇叙事诗，将五言古诗从较短的篇幅发展为鸿篇巨制，还将七律写作推向精致成熟，在艺术技巧和表现方法上为后人提供了丰富的艺术借鉴，在诗歌史上具有继往开来的重要地位。

诗的历史与艺术特色

阅读链接

杜甫和李白流传下来许多互相赠寄的诗歌，都充满了真诚的情谊。

杜甫时常挂念着李白的衣食住行，担心他被贬逐以后的安全。"江湖多风波，舟楫恐失坠。""水深波浪阔，无使蛟龙得。"这些诗句都表现了杜甫对李白遭诬受害的极大同情。

李白比杜甫年长11岁，但对杜甫非常敬重。他曾写下《沙丘城下寄杜甫》一诗，诗中写道：我来竟何事，高卧沙丘城。城边有古树，日夕连秋声。鲁酒不可醉，齐歌空复情。思君若汶水，浩荡寄南征。表示对杜甫不在身边同游的遗憾。

百舸争流的中唐诗歌流派

中唐时期是指766年至827年，这一时期是唐诗流派纷竞的时代，当时诗坛主要有大历、贞元年间的一派诗人。

包括 "大历十才子"和刘长卿、韦应物；"韩孟诗派"，包括孟郊、韩愈等；"元白诗派"，包括元结、顾况、元稹、白居易、张籍、王建、李绅等。其他还有刘禹锡、柳宗元、李贺等诗人。

刘长卿，进士出身，官至随州刺史，世称"刘随州"。刘长卿为官刚直，因此屡遭贬谪。他一生的大部分时光是在逆境中度过的。长期的郁郁寡欢，使他的诗歌在冷落寂寞的情调中，又平添了一些惆怅

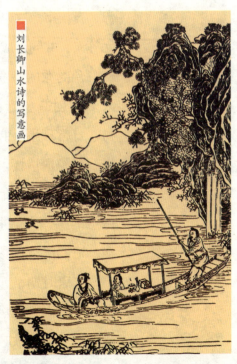

刘长卿山水诗的写意画

衰飒的心绪，显得凄清悲凉。

刘长卿的五言诗写得最好，他曾经自许为："五言长城"，他最著名的诗是《逢雪宿芙蓉山主人》，诗中把雪夜投宿山中贫寒主人家的情景，刻画得形象突出，犹如一幅风景画。

诗作文字省净优美，意境悠远，然而诗中弥漫着一层难于言说的冷落寂寞的情思，透露出浓重的衰飒索寞之气。

关于"大历十才子"，说法不一，最初见于中唐诗人姚合编的《极玄集》，即李端、卢纶、吉中孚、韩翃、钱起、司空曙、苗发、崔峒、耿湋、夏侯审。这十人再加上包何、包佶、刘太真、郎士元等人，共同形成了大历前期京师的台阁体诗风。

台阁派的诗歌无论在思想上还是在艺术上都没有太多的创造。诗歌内容十分单调，主要描写山水景物、日常琐事、寂寞的情怀以及羁旅愁思，有时表现出一些隐逸情怀。

在艺术上，他们注重格律的工稳、辞藻的华丽和诗意的尖新。在技巧上趋于细腻，诗作往往精致工整，情调凄清萧瑟。

中唐时期，元结、顾况、元稹、白居易、王建、李绅等诗人，继承杜甫的现实主义文学传统，直面生活，写下大量歌咏新题材、运用新语言、标以新诗题

■ 刘长卿山水诗的写意画

台阁体 明朝永乐至成化年间，文坛上出现一种所谓"台阁体"诗。台阁主要指当时的内阁与翰林院，又称为"馆阁"。台阁体是指以当时馆阁文臣号称"三杨"的杨士奇、杨荣、杨溥为代表的一种文学创作风格。

的乐府诗，这就是新乐府，又叫"新题乐府"，从而形成新的诗歌流派和新的时代风格。

新乐府诗人的作品广泛地揭露了社会弊病，充分反映了民众的疾苦，加之取材典型，形式通俗，语言浅近，意脉自然流畅，因此广为传播，一时风行诗坛。

元结、顾况的诗歌活动比较早，从理论和实践上为新乐府运动开辟了道路。

元结，强调诗文的美刺作用和救世劝俗的功能，崇尚古朴，反对华艳。他的文学主张见于《文编序》《系乐府序》及《箧中集序》。

元结的诗歌深刻地反映了战乱给人们带来的灾难和农村的凋敝。诗歌风格质朴，但对新兴的律体重视不够，部分作品枯涩无力。

顾况，一生官位不高，曾任著作郎，因作诗嘲讽得罪权贵，贬饶州司户参军。晚年隐居茅山。

顾况的诗歌主张和元结比较接近，其乐府诗直接反映现实，语言不避俚俗。他的歌行体自有特色，有的学吴地民歌，以俗为奇。有的奇崛险峭，对韩孟诗派有一定的影响。

元稹，曾官监察御史、宰相等职。元稹与白居易合称"元白"，是新乐府运动的有力支持

■ 顾况的诗歌写意画

美刺　我国古代关于诗歌社会功能的一种说法。"美"即歌颂，"刺"即讽刺。先秦时期，人们已开始认识到诗歌美刺的功能。它要求诗人密切注意社会政治，用诗歌进行颂扬和批评。

七古 古诗的一种。每篇句数不拘，每句七字。七言古体诗的省称从文学风貌论，七古的典型风格是端正浑厚、庄重典雅。但并非说七古就是纯七言的古诗，事实上，杂古也归为七古，如陈子昂的《登幽州台歌》，全篇无一句七言，但却归入七古。

者。他的乐府诗有《乐府古题》19首、《新题乐府》12首等。代表作是叙事长诗《连昌宫词》。

元稹的爱情诗和悼亡诗真挚感人，代表作有《会真诗三十韵》《遣悲怀三首》《离思五首》等。悼念妻子韦丛的《遣悲怀三首》所写大都是日常生活的琐事，但感情浓郁真挚。

以乐府诗著名的诗人还有李绅、张籍、王建。李绅，字公垂，最早有意识地标榜"新题乐府"，使之区别于旧题乐府，还写有《新题乐府》20首，直接影响到元稹、白居易的创作。他的《悯农》两首广为流传，体现了新乐府的创作精神。

张籍、王建都擅长于短篇七古，善用比兴和白描，语言通俗凝练，世称"张王乐府"。韩愈与孟郊是韩孟诗派的主力，两人的诗篇各显特色。

韩愈，幼年失去父母，由嫂嫂抚养成人。自幼好学，24岁考中进士，以后开始做官。他为人忠正，敢于直言，曾经做过监察御史、国子博士、京兆尹等官，为官清正廉明，在政治上很有声望。

韩愈是古文大家，在诗歌领域也成就卓著。他对诗歌创作有强烈的创新意识，他善于构造光怪陆离的境界，以丑为美，以滑稽谐谑的笔调写诗，以文为诗，对唐诗作了新的开拓。

■ 元稹蜡像

在诗歌表现方法上，韩愈把古文、骈赋的章法和句法引入诗中，使诗体散文化，并在诗中大发议论，形成了以议论为诗的特点。

孟郊，字东野，湖州武康人。他终身穷苦，作诗苦吟。他写自己的穷苦生活，写老病愁怨，写阴森恐怖的气氛，甚至有意识地把丑怪的事物写入诗中。

孟郊写的诗歌意象与境界，对传统诗歌而言是非常陌生的、异乎寻常的，但能够激起人们的同情和哀怜。他的《游子吟》撷取慈母缝衣这一细节，着意渲染，写出了伟大的母爱，对后世影响较大。

元稹诗文的写意画

除了这些流派外，这一时期，还有许多卓然自成一家的诗人，如刘禹锡、柳宗元、李贺等，他们的诗各有特点，各具特色。

阅读链接

白居易年轻时去长安游学，曾拿着自己的诗作去拜见当时在诗坛已经颇有名望的顾况。顾况很平易近人地接待了白居易。当他听说来人的名字叫白居易，就开玩笑说：长安城里东西很贵，居住下来可不容易啊。

等顾况看完白居易的《赋得离离原上草》"离离原上草，一岁一枯荣；野火烧不尽，春风吹又生"诗句时，大为惊奇，继而拍案叫绝。他马上改变语气，郑重地说："能写出如此的诗句，白居也易！"

从此，白居易诗名大振。

白居易大力推进新乐府运动

白居易是中唐时期最有名的诗人，他的诗歌题材广泛，形式多样，语言平易通俗，有"诗魔"和"诗王"之称。

772年，在河南新郑山川秀美，民风淳朴的东郭宅村，白家一个小

白居易像

生命诞生了，这个小生命就是白居易。白居易字"乐天"，也许是为了纪念这山川秀丽、风景如画的好地方。

白居易自幼聪颖，读书十分刻苦，据说读得口都生出了疮，手都磨出了茧，年纪轻轻的，头发全白了。800年，白居易考中进士，从此步入仕途，曾任翰林学士、左拾遗、刑部侍郎、太子宾客、河南尹等职。

■ 白居易诗歌的写
意画

　　白居易的诗歌理论是新乐府运动的理论基石。所谓新乐府，是相对汉魏旧体乐府而言的。"新乐府运动"这一概念首先由白居易提出来。

　　核心是以创作新题乐府反映现实为中心。白居易曾把担任左拾遗时写的"美刺比兴""因事立题"的50首诗编为《新乐府》。

　　白居易大力反对大历年间至贞元前期诗坛出现的以大历十才子为代表的远离现实、放情山水的倾向，他的诗歌理论强调诗歌的社会与政治功能。在809年所作的《新乐府序》中，白居易明确提出诗歌应该"为君为臣为民为物为事而作，不为文而作也"。

　　白居易把文学当作救济社会、改善民生的利器，要求诗歌能"补察时政"和"泄导人情"。他在《与元九书》中也提出："文章合为时而著，歌诗合为事而作。"

　　此外，白居易还要求诗歌形式与内容要统一："根情、苗言、华声、实义""其辞质而径""其言直而切""其事核而实""其体顺而肆""非求宫律高，不

侍郎 汉代官员的一种，本为宫廷的近侍。东汉时期以后，尚书的属官，初任称"郎中"，满一年称"尚书郎"，三年称"侍郎"。唐代以后，中书、门下二省及尚书省所属各部均以侍郎为长官的副手，官位渐高。

托物言志 是文学表述的一种手法，是通过对物品的描写和叙述，表现自己的志向和意愿的方法。要运用好托物言志，就要掌握好"物品"与"志向"，"物品"与"感情"的内在联系。托物言志的写作方法，最常用的有比喻、拟人、象征等。

务文字奇"，以通俗易懂的形式为表达内容服务。

白居易的这些诗歌理论，一反大历以来逐渐抬头的逃避现实的诗风，发扬了《诗经》、汉魏乐府和杜甫以来的优良的诗歌传统，对新乐府运动面向社会，反映现实起了积极的导向作用。

白居易把自己的诗歌分为4类：讽喻诗、闲适诗、感伤诗、杂律诗。其中最为人称道的是他标为"讽喻"一类的诗歌，有《秦中吟》10首及《新乐府》50首。在这些诗歌里，他关心现实政治、关心社会问题，以乐府民歌的精神，大胆揭露社会政治中的种种黑暗现象。

讽喻诗在形式上多直赋其事。叙事完整，情节生动，人物情节细致传神。另一部分讽喻诗则采用托物言志的手法，借自然物象寄托政治感慨。这两类作品都是概括深广，主题集中，形象鲜明，语言简洁。

《卖炭翁》是白居易讽喻诗中的代表作。《卖炭翁》一诗以卖炭翁的遭遇揭露了朝廷直接掠夺百姓财物的无耻行径。

■ 白居易《长恨歌》诗意画局部

感伤诗以叙事长诗《长恨歌》《琵琶行》最为著名，《长恨歌》前半部分写杨贵妃从入宫到安史之乱的事由，对君王耽色误国有极强的讽刺意味。诗的后半部分，诗人用较多的笔触描述杨贵妃与唐玄宗的爱情悲剧，较多地注入了自己的同情。

《长恨歌》叙事张弛有致，详略妥帖，为突出相思之苦，不惜大段铺排。全诗结构紧凑和谐，富有张力，语言优美明丽，流畅生动，堪称千古名篇。

■ 白居易《琵琶行》诗意画

《琵琶行》借一个"老大嫁作商人妇"的琵琶女一生的遭遇抒发自己被贬的感慨和真实心声："同是天涯沦落人，相逢何必曾相识。"不但比《长恨歌》更富有现实性，而且艺术感染力也更强一些。

《琵琶行》在艺术上最大的成功在于它形象地描绘出了无形的音乐，又通过音乐和景物渲染出复杂的情感。另外，情节曲折、描绘细腻，音律和谐。

白居易的闲适诗和杂律诗多抒写对归隐田园的宁静生活的向往和洁身自好的志趣。一些写景诗写得颇有特色，具有清新明朗、自然朴素之美。《赋得古原草送别》是一首科场命题诗，通篇用原上草比喻别情，想象十分别致。《暮江吟》抓住江边黄昏前后变

琵琶 一种传统弹拨乐器，有2000多年的历史。最早被称为"琵琶"的乐器大约在秦代出现。琵琶被称为"民乐之王""弹拨乐器之王""弹拨乐器首座"，木制，音箱呈半梨形，上装四弦。演奏时竖抱，左手按弦，右手五指弹奏。琵琶可独奏、伴奏、重奏、合奏。

白居易《晚秋闲居》诗意画

幻不定的景色，描绘了一幅"暮色秋江图"。

白居易的诗歌在语言上有明显的特点，就是浅显易懂。他的新乐府也好，其他的诗也好，大都偏向通俗平易，而且意绪流贯，无跳跃感。这种语言特点和白居易诗中的世俗化趣味一拍即合。这使得白居易的诗歌赢得了最广泛的读者。

刘禹锡在《翰林白二十二学士见寄诗一百篇因以答贶》之中所谓"郢人斤斫无痕迹，仙人衣裳弃刀尺"，就是对白居易这种平易自然、浑成无迹的诗风的高度赞扬。

诗的国度

诗的历史与艺术特色

阅读链接

白居易和李白、杜甫一样，也喜欢喝酒。

白居易在67岁时，写了一篇《醉吟先生传》。这个醉吟先生，就是他自己。他在《醉吟先生传》中说，有个叫醉吟先生的，不知道姓名、籍贯、官职，只知道他做了30余年官，退居到洛城。他的居处有个池塘、竹竿、乔木、台榭、舟桥等。他爱好喝酒、吟诗、弹琴，与酒徒、诗友、琴侣一起游乐。

晚唐诗人的创作和诗风变化

晚唐时期是指827年至907年，共约80年。这个时期，诗歌笼罩在哀婉和衰飒的气氛中。诗人作诗的题材大致不超出历史、自然和爱情之外。这时期最杰出的诗人是杜牧和李商隐。此外，也有一些诗人的创作也较有特色。

杜牧，字牧之，京兆万年人。他的祖父杜佑是中唐著名政治家，历任德宗、顺宗、宪宗三朝宰相。杜牧秉承了优良的史学家风和祖上的致用之志，忧心国事，渴望为国家日益颓败的国势力挽狂澜，这个思想构成了他忧世诗歌的基调。

■ 杜牧 （803—约852），字牧之，号樊川居士。京兆万年，即今陕西省西安人。唐代诗人。杜牧人称"小杜"，以别于杜甫。与李商隐并称"小李杜"。因其晚年旅居长安南樊川别墅，故后世称"杜樊川"，著有《樊川文集》。

令狐楚 字壳士，宜州华原，即陕西省耀县人，先世居敦煌。唐代文学家。791年登进士第。累进方员外郎、知制诰、华州刺史、河阳怀节度使、中书侍郎等。逝世于山南西道节度使镇上。谥"文"。

杜牧博古通今，喜欢谈兵议政，留心"治乱兴亡之迹，财赋甲兵之事，地形之险易远近，古人之长短得失"，有较强的政治军事才能。但是激烈的党争和宦官弄权的大环境阻碍了他这种理想的实现。

杜牧的诗歌多是咏史感怀、写景抒情之作，他善于用极精练的语言勾勒出鲜明的画面，并且于委婉含蓄之中，流露出无限感慨，使人玩味不尽，其风格豪健跌宕，情致俊爽。

《清明》这首诗是杜牧的早期作品。诗写道：

■ 《清明》诗意图

清明时节雨纷纷，
路上行人欲断魂。
借问酒家何处有，
牧童遥指杏花村。

这首诗，一个难字也没有，一个典故也没用，整篇通俗易懂，写得自如之极，毫无经营造作之痕。音节十分和谐圆满，景象非常清新、生动，而又境界优美、兴味隐约。

《泊秦淮》一诗，借南朝陈后主纵情声色，终至亡国的史实，谴责了当时荒淫腐朽、醉生梦死的统治者。全诗即事抒怀，讥讽与感慨相结合，明白浅显，但意味深远。

杜牧的咏物写景诗颇有特色，《山行》一诗，把山中秋色写得明朗绚丽，"停车坐爱枫林晚，霜叶红于二月花"两句，赞美了大自然的秋色美，表现出诗人的个性和才气。

■《泊秦淮》诗意图

《赠别二首（其二）》一诗中的"蜡烛有心还惜别，替人垂泪到天明"；《叹花》中的"狂风落尽深红色，绿叶成荫子满枝"，即景生情，将诗情画意和哲思理趣融为一体，意境幽美，耐人寻味。

杜牧诗歌善于将忧国之思与伤感之情交织一片，语言精练、意象清新，诗风俊爽健远又时带流丽之气，尤其是他的七绝，风格多样，韵味隽永。

李商隐，早岁丧父，自称"四海无可归之地，九族无可倚之亲"。18岁时拜谒令狐楚，令狐楚是骈体文的专家。令狐楚赏识他的才华，引为幕府巡官，并且亲授骈文。

此外，令狐楚还资助他的家庭生活，鼓励他与自己的子弟交游。在令狐楚的帮助下，李商隐的骈体文写作进步非常迅速，由此他获得极大的信心，26岁时，李商隐考中进士，第二年入王茂元幕府，王茂元非常赏识李商隐的才华，就将女儿嫁给他为妻。

骈文 也称"骈体文""骈俪文"或"骈偶文"；又因其常用四字、六字句，故也称"四六文"或"骈四俪六"。全篇以双句为主，竭力讲究对仗的工整和声律的铿锵。盛行于隋唐时期。

成熟繁荣

唐代诗歌

令狐楚和王茂元之间有政治纷争，李商隐夹在他们之间，如身处夹缝，两面受气，致使一生仕途困顿，宏图难展，最后在穷困中客死异乡。

李商隐诗文俱佳，他写有100多首政治诗，这类诗反映的内容较为广泛，如其中最有名的《行次西郊作一百韵》，汲取了杜甫"诗史"的精神，勾画出唐王朝大崩溃前夕的社会面貌。

■ 李商隐画像

《登乐游原》一诗，诗人纵目眺望转瞬即逝的绚丽夕阳，心事浩茫，也许涌起的是迟暮之感、沉沦之痛，也许眼前的景象就象征着大唐王朝的奄奄一息。

李商隐的爱情诗更为著名，常常标作《无题》，写爱情和相思的痛苦，寄意幽微，一往情深。如《无题·相见时难别亦难》一诗，就是一首诉相思之情，叙别离之苦，对重逢寄托希望的情诗。

春蚕到死丝方尽，
蜡炬成灰泪始干。

这两句已成为描写爱情的绝唱。李商隐擅长近体诗，尤长七言律诗，典雅华丽，属对工整，深情绵邈，形象鲜明。

用典 亦称用事，凡诗文中引用过去之有关人、地、事、物之史实，或语言文字，以为比喻，而增加词句之含蓄与典雅者，即称为"用典"。典故之种类可分为明典、暗典和翻典。明典是令人一望即知其用典。暗典于字面上看不出用典的痕迹，须详加体会。翻典即反用以前的典故，使其产生意外之效果。

李商隐诗歌的成就主要表现在他对心灵世界做出了前所未有的深入开掘和拓展。李商隐的诗歌有强烈的主观化倾向，多侧重个人内心世界的活动描写。

李商隐诗歌中最多的是《有感》《漫成》《寓怀》《秋日晚思》等这样一批以自我情思为中心的题材。他总爱把自己内心的情感移情到所咏的风景、事物或历史人物身上，使他们带上了强烈的象征色彩，甚至成为诗人的化身。

李商隐的诗歌立意遥远，题旨婉曲，在重叠繁复的意象中，暗示出复杂多变的感情，构成了婉曲迷蒙的意境。李商隐善于用典，用典工巧灵活，语言兼有清新秾丽之美。

除了杜牧和李商隐外，晚唐还有一些诗人也取得了不凡的成就。

温庭筠，以词著名，他的诗与词风相通，尤其乐府类，在描摹女性的美貌以及表现男女之情方面显得非常突出。诗中色彩秾丽，艳情诗的气息较为明显。他与李商隐并称"温李"。

温庭筠的《瑶琴怨》是他诗中的佳篇。温庭筠也有些以写景抒情见长的诗作，如《商山早行》，第二联"鸡声茅店月，人迹板桥

■《瑶琴怨》诗意图

霜"，由几组意象平列组合而成，是唐诗中的名句。

韩偓，他的诗与李商隐、温庭筠的诗同为一路，以写男女之情的绮丽诗歌出名。他的《香奁集》为人所津津乐道，这部诗集的内容和风格正如诗集的名字一样，带有艳情诗的特征。

他后期诗歌中，多有忧国伤时、国亡追忆之作，极其沉痛悲怆，他长于七律、七绝，从风格到表现手法都受到了李商隐的影响。

韦庄，也是一位比较重要的诗人。长篇歌行《秦妇吟》是他的一部重要作品，与汉代乐府《古诗无名人为焦仲卿妻作》和北朝的《木兰诗》并称"乐府三绝"。

诗的国度

诗的历史与艺术特色

阅读链接

李商隐是对后世最有影响力的诗人，在清代孙洙编选的《唐诗三百首》中，收入李商隐的诗作32首，数量仅次于杜甫，居第二位。

晚唐时期，韩偓、吴融和唐彦谦已经开始自觉学习李商隐的诗歌风格。至宋代，学习李商隐的诗人就更多了。北宋初期的杨亿、刘筠、钱惟演等人宗法李商隐，经常互相唱和，追求辞藻华美、对仗工整，并刊行了一部《西昆酬唱集》，被称为"西昆体"。在当时颇有影响，但是未学到李商隐诗歌精髓，成就非常有限，影响力也随着欧阳修等人走上文坛而消失。

此外，王安石对李商隐也评价很高，认为他的一些诗作"虽老杜无以过也"。王安石本人的诗歌风格也明显受到李商隐的影响。明代的诗人从前后七子到陈子龙、钱谦益、吴伟业，都受到李商隐的影响。

进入宋代，诗坛没有了唐代那种恢弘开阔的大家气象，也较少充满青春气息的浪漫主义歌唱，更多的是采用现实主义的创作方法，痛切国事，沉郁悲愤。这与当时沉重的社会状况有着密切的关系。

宋诗比较喜欢用典，书卷气较浓，显得委曲精深；唐诗多以强烈的激情去感受现实生活，重视生活感受的直接抒发和描写，显得深厚博大。

南宋时期严羽在《沧浪诗话·诗辨》中这样评价宋诗："以文字为诗，以才学为诗，以议论为诗"，宋诗开出一条以思理取胜的诗歌新路，理胜于情。

开辟新路

宋代诗歌

北宋诗歌风貌的形成与发展

宋代初期诗坛，一度还沉浸在唐诗的辉煌里，学摹唐诗成为一种风尚，由此，出现了"白体""晚唐体""西昆体"3种宗唐诗风。

白体是宋代诗坛最早的诗歌流派。白体诗人，主要是指学习白居易的一批诗人，如王禹偁。王禹偁，字元之，山东人，曾出知黄州，世称"王黄州"。他的长篇诗歌大发议论，已开宋诗议论化的风气。

诗人贾岛画像

晚唐体是指专事模仿晚唐诗人贾岛、姚合的一批诗人的创作。"晚唐体"的诗人，以隐逸诗人林逋最为著名。林逋，大部分时间隐居在西湖孤山。他的《山园小梅》是咏梅的名作。咏梅名句"疏影横斜水清浅，暗香浮动月黄昏"，诗情画意，耐人寻味。

西昆体指宋代真宗年间出现的学习李商隐的诗歌流派。西昆体因《西昆酬唱集》而得名，以杨亿、刘筠、钱惟演为代表，特别注重效法李商隐的诗风，华美而典丽，曾经风行一时。

这些诗歌流派过分注重学摹唐诗风格，没有得其真髓，因此，并没有形成气候，影响宋诗风貌形成的诗人是欧阳修。

欧阳修是北宋时期第一位在诗、词、文和文学思想各方面都卓有成就的大家。欧阳修的诗歌深受李白和韩愈的影响，带有明显的散文化、议论化的特点，融议论、叙事、抒情为一体。

欧阳修的诗歌有反映现实的作品，但更多的作品表现个人的生活感受和经历，尤以贬谪期间所作诗篇成就最高。

欧阳修的诗歌常以散文手法和议论入诗，如他的《春日西湖寄谢法曹韵》中的"雪消门外千山绿，花发江边二月晴。"落寞中透出一派生机盎然，如此洒脱的情怀，与李白有着一脉相承的关系。

欧阳修的诗大多平铺直叙，语言浅显易懂，形成

■ 李子牧画渐贤林逋图

隐逸诗 指归隐田园生活或向往田园自然风光的诗人以田园生活为题材所作的诗。隐逸诗主要描写秀美的田园风光和清闲安逸生活，也有的隐逸诗蕴含对时代的不满，或抑郁不得志的情怀。代表作品宋人陆游的纪游抒情之作《游山西村》。

欧阳修（1007—1072），字永叔，号醉翁，晚年又号"六一居士"；因谥号"文忠"，世称欧阳文忠公。生于北宋吉州永丰，即今江西吉安永丰。北宋政治家、文学家和史学家。北宋古文运动的代表。"唐宋八大家"之一。后人将其与韩愈、柳宗元和苏轼合称"千古文章四大家"。代表作品有《醉翁亭记》和《秋声赋》等。

自然流畅的风格。

欧阳修喜欢在诗中发议论，并与抒情、记事结合起来，扩大了诗歌的表现内容，如《戏答元珍》一诗，情景意理水乳交融，既形象生动，又耐人寻味。

欧阳修的《明妃曲和王介甫作》《再和明妃曲》，结构参差多变，议论也很深刻，秉承了韩愈以文为诗的传统，为宋诗昭示了新的景象，开创新调。

以欧阳修为主将，共同为宋诗发展开辟新路的还有梅尧臣、苏舜钦和王安石等人。

梅尧臣是一位勤奋写作的诗人，他追求平淡的风格，用他自己的话说就是"作诗无古今，唯造平淡难"。从他的《鲁山山行》和《东溪》诗歌可以看出其诗境平淡的特色。他的《田家语》《汝坟贫女》等诗歌和杜甫的《三吏》《三别》风格相近。

苏舜钦与梅尧臣并提，称为"梅苏"。苏舜钦"状貌怪伟"，性格刚烈，一生壮志难酬，晚年自筑沧浪亭消闲解闷。他的诗常常显得表面豪放、充满激情，实则蕴含了难以排遣的无奈。他早年所写的《对酒》一诗，直白地抒发了个人不得志的愤懑。

124

王昭君 名嫱，字昭君，乳名皓月，我国古代四大美女之一的落雁。昭君出塞的故事千古流传。她的历史功绩，不仅仅是主动出塞和亲，更主要的是出塞之后，使汉朝与匈奴和好，边塞的烽烟熄灭了50年，增强了汉族与匈奴民族之间的民族团结，维护了汉族和匈奴族人民的利益。

王安石的诗歌大致可以分为两个时期。一是为官时期，主要写政治诗，如《河北民》《收盐》等。他还写了大量的咏史诗。其中《明妃曲》两首最著名，在第一首中他一扫历代诗人写王昭君留恋君恩、怨而不怒的传统见解。

明妃初出汉宫时，泪湿春风鬓脚垂。
低徊顾影无颜色，尚得君王不自持。
归来却怪丹青手，入眼平生几曾有？
意态由来画不成，当时枉杀毛延寿。
一去心知更不归，可怜着尽汉宫衣；
……

诗人先勾画出王昭君古今艳传的绝代佳人形象，写出她独去异域、怀念故国的凄苦无靠的心情，叙写的同时也流露了诗人怀才不遇的心情。

王安石后期成就最高的诗作是在罢相以后写的抒情写景的小诗，人称"王荆公体"。这些小诗新颖别致，炼字炼句，妥帖自然，诗意含蓄隽永，如《泊船瓜洲》中的"春风又绿江南岸"一句，脍炙人口。

欧阳修等人奠定了宋诗的大

■ 王安石 （1021—1086），字介甫，号半山，谥文，封荆国公，世人又称王荆公。北宋抚州临川，今临川区邓家巷人。北宋丞相、新党领袖。中国历史上杰出的政治家、思想家、学者、诗人、文学家、改革家，"唐宋八大家"之一。有《王临川集》等。

体风貌，使宋诗形成了自己的风格，而苏轼以其才华横溢的诗作将宋诗推上了高峰。

苏轼的诗歌内容丰富多彩，题材多样，典型而全面地展示了宋诗创作的实绩。苏轼的政治诗，表达了诗人对于政治和社会重大问题的态度和观点，如《荔枝叹》一诗，充分表现出诗人鲜明的政治态度和不畏权奸的斗争精神。

苏轼的抒情诗，着重反映了诗人壮志难酬、屡遭迫害的不幸遭遇和不屈服的精神面貌，如《游金山寺》，在描写波澜壮阔的景象之后，抒发了自己的隐逸之情。

苏轼还写有大量的写景诗，他以自然之子的激情去拥抱自然，以艺术家特有的敏锐和灵感去观察描绘，他将他的情趣、心怀融入写景诗中。

《饮湖上初晴后雨》一诗，把西湖景色之美写得极为传神，"欲把西湖比西子，淡妆浓抹总相宜"两句，已成为万口流传的绝唱。

苏诗的艺术成就极高，他的诗想象丰富，奇趣横生，比喻新颖巧妙：描写风光、物态、人情，都能做到体察入微，形神俱现，融景、情、事、理于一炉。

《题西林壁》："横看成岭侧成峰，远近高低各不同。不识庐山真面目，只缘身在此山中。"通篇寄理于景，做到哲理与形象的高度统一。

苏轼驾驭语言得心应手，出神入化，使事用典，信手拈来，均用得贴切自如。苏轼的诗古近体无不兼备，尤长于古体和七言歌行。

苏轼的诗作典型体现了宋诗的成就和优点，他秉承欧阳修以古文章法为诗，以议论为诗和梅尧臣追求平淡以日常题为诗的经验，又开创了以理趣构诗的新路。

《吴中田妇叹》的直陈时事，《游金山寺》《泛颍》的直叙游历，《百步洪》的铺排景物，皆运用了散文直叙和铺排的章法。而《和子由渑池怀旧》不但运用了散文化的句式，还展露了诗人以议论为诗和以理趣为诗的才能。

阅读链接

苏轼是个非常有正义感和操守良心的好官，他所到之处都尽自己的力量为百姓做些好事。他也做了一些诗描述百姓的困苦，这首《雨中游天竺灵感观音院》就是其中的一首： 蚕欲老，麦半黄，山前山后雨浪浪。农夫辍耒女废筐，白衣仙人在高堂。

诗的大意是：蚕要吐丝了，麦要收割了，可是遇上了连阴天，大雨连绵不止，农夫不能下田，农妇不能采桑，眼看平日的辛劳就要付诸东流，靠什么度日？菩萨本是救苦救难的，可是她却漠然地坐在庙堂里无动于衷。

苏东坡博学，深通佛理，但他不相信泥胎木塑的菩萨能灵验，故予以讥讽。也有人认为诗人是借"白衣仙人"讽刺那些不关心民众的官老爷，这也是可能的。

黄庭坚和"江西诗派"的成就

　　北宋后期以及两宋之际，社会风气不佳，经济停滞不前，文学创作受此影响，在内容上不如北宋中期充实丰富，但是在艺术上刻意追求，致使创作带有更多的雕琢性。这一时期以黄庭坚为首的江西诗派成为诗坛的主角。

黄庭坚画像

　　黄庭坚，他在朝廷和地方都做过官，但仕途并不如意。他的诗歌极负盛名，与苏轼并称"苏黄"。他作诗学习杜甫，但不专注于杜甫诗歌的现实主义精神，而较多地在形式技巧上力求创新。

　　黄庭坚主张读书融古，模仿前人，在学问中求诗。他提倡所谓"点铁成金"和"夺胎换骨"的方法，在前人词句或诗意的基础上点化发挥。

他学诗注重法度规矩，又要求新求变。

黄庭坚的诗构思奇巧，又爱押险韵，作拗律，表现出一种生新奇峭的风貌，大大有别于唐代诗人，自成一家，当时就被称为"山谷体"。为了树立生新瘦硬的诗风，黄庭坚还爱用奇字僻典和拗体险韵。

■ 黄庭坚书法

在某种意义上可以说，宋诗的艺术特性集中体现在"山谷体"上。黄庭坚的诗在艺术上富有创造性，但由于在艺术形式上过分着力，影响了诗歌在表达上的通达流畅。

在诗歌章法与句法结构上，黄庭坚主张回旋转折，曲尽其变，不循常规。如七律《王充道送水仙花五十枝欣然会心为之作咏》前七句感情幽细，而末一句"出门一笑大江横"，格调明阔，使诗歌结构充满张力，给人丰富的想象。

黄庭坚诗歌的题材以思亲怀友、感时抒怀、描山摹水和题书咏画为主。代表作《寄黄几复》是为怀念他的朋友黄几复而写的。诗中表达了对相隔万里、音讯难通的朋友的深沉思念，其中也隐然寄寓着作者自己身世遭遇的感慨。

这首诗立意曲深，富有思致；起接无端，出人意

章法 指文章的组织结构。书法章法是指安排布置整幅作品中字与字、行与行之间呼应、照顾等关系的方法。

七律 律诗的一种。律诗发源于南朝齐梁永明时沈约等讲究声律、对偶的新体诗，至初唐沈佺期、宋之问时正式定型，成熟于盛唐时期。律诗要求诗句字数整齐划一，律诗由八句组成，七字句的称七言律诗。

黄庭坚的《咏水仙》诗意图

表；字精句酌，造句警奇；音律上兀敖奇峭，比较全面地体现了黄庭坚诗歌的主要艺术特点。

在黄庭坚的诗歌中，也有写得比较自然流畅的，如《登快阁》。这首诗写登上快阁时的所见所感：所见是清秋晚晴的明净广远景象，所感则是孤寂的心情和归隐的意向。三四句"落木千山天远大，澄江一道月分明"，写秋山月夜景象，表现出一种开阔明净的境界，十分精巧而又自然生动。

黄庭坚的诗虽然现实性不强，但他讲究诗法，求新求奇，创造了一种奇巧瘦硬的艺术风格，使宋诗的发展产生了一种新的变化，改变了以前那种平易流畅的特点。

黄庭坚在实践中总结出一整套操作性很强的作诗方法，易于领会和学习，因此颇受当时后学们的拥戴，逐渐形成了声势浩大的流派，由于黄庭坚是江西人，追随者也多半是江西人，因此这个流派被称为"江西诗派"。

江西诗派是宋代最大的诗歌流派。江西诗派的一祖三宗，即以杜甫为一祖，黄庭坚、陈师道、陈与义为三宗。黄庭坚是江西诗派的灵魂，他的诗歌理论主张和创作实践都代表了江西诗派的特色。

陈师道，一生为贫穷所困，以苦吟著名，曾自称"此生精力尽于诗"。陈师道常衣食无着。据说他有了创作冲动时，赶紧回家，关门上床，蒙上大被构思，有时达一整天，因而有"闭门觅句"之称。

陈师道的才气不及苏轼，学力不及黄庭坚，在诗艺上却有自己的追求，其诗质朴无华而又精炼简洁，主张"宁拙毋巧，宁朴勿华"的诗风。

江西诗派在北宋朝廷南渡后，又有所发展，陈与义是江西诗派后期的代表，陈与义，生活在两宋之交。他的诗，总的说来写得比较清新，且不时能创造出一些奇特的诗境。

陈与义的《伤春》一诗蕴含着深沉的家国之痛，对南宋时期爱国诗歌有着良好的影响。

阅读链接

黄庭坚是"苏门四学士"之一，是被苏轼赏识和奖掖的人。他比苏轼小8岁，关系在师友之间，极为亲密。苏轼在贬谪岭南期间作了许多和陶渊明的《归田园居》差不多的诗。苏轼死后，黄庭坚作了一首《跋子瞻和陶诗》称赞苏轼："子瞻谪岭南，时宰欲杀之。饱吃惠州饭，细和渊明诗。彭泽千载人，东坡百世士。出处虽不同，风味乃相似。"

苏轼是被其政敌流放的，他们想置他于死地。然而苏轼处之泰然。黄庭坚说苏东坡和陶渊明两人平生境遇并不一样，但他们的高尚节操和人生态度却十分相似，都将名传千年百代而不朽。中国向来有"文人相轻"一说，其实并不尽然，黄庭坚和苏东坡的关系就是典型的反证。

陆游将爱国主义诗歌推向高峰

　　南宋中期的诗歌以陆游、杨万里、范成大、尤袤四人为代表，号称"中兴四大诗人"或"南宋四大家"。四大家中以陆游的成就最突出，杨万里和范成大次之，尤袤诗作保存下来的不多。

　　陆游，幼年时期，正值金人南侵，历尽离乱之苦，从小就有忧国忧民之心。

陆游画像

　　陆游自幼好学，有"我生学语即耽书，万卷纵横眼欲枯"的好学精神，他特别喜欢兵书，18岁便有诗名，25岁又拜师学习，更加确立了他诗歌的爱国主义基调。

　　陆游初期的诗风受江西诗派影响，没有形成自己鲜明的风格。46岁时，陆游入蜀为官9年，得以亲临前线，在范成大幕府时因不拘礼

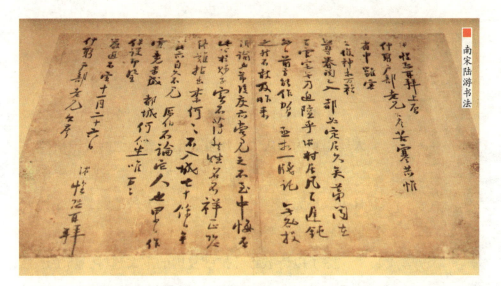

南宋陆游书法

法，被人讥为"恃酒颓放"，遂索性自号"放翁"。

在这之后，陆游曾在福建、江西、浙江等地任地方官，66岁时退居山阴。这一阶段，是他诗歌成熟和爱国热情最高涨的时期，特别是蜀中雄丽的山水和激烈的军事生活对他形成明朗瑰丽和豪放悲壮的诗风影响很大。

陆游晚年一直在农村赋闲，这期间他创作了大量以农民生活和农村景物为题材的诗歌。这一阶段，他写了各种诗篇7000多首，是创作的丰收期。

陆游的诗歌数量在宋代诗人中最多，共存诗9400多首，其诗歌内容也极为丰富，触及南宋前期社会生活的方方面面，其中最突出的部分，是反映民族矛盾的爱国诗歌。

《关山月》除对战士虚度岁月空戍边和遗民含悲忍死盼恢复表示同情外，还对投降派的文恬武嬉予以深刻的批判。《书愤》则写出自己报国无门的慷慨悲凉：

早岁那知世事艰，中原北望气如山。
楼船夜雪瓜洲渡，铁马秋风大散关。

《十一月四日风雨大作》写风雨交加之夜，老诗人还想到为国戍边，用梦思幻想表达他的爱国精神。

《示儿》写于诗人临终之时，"王师北定中原日，家祭无忘告乃翁"，这是诗人的遗嘱，也是诗人最后呼喊出的爱国之声。

除了以诗歌吟咏抗敌复国的重大题材，陆游还善于从广阔的日常生活中开掘题材。如《临安春雨初霁》中的"小楼一夜听春雨，深巷明朝卖杏花"，一句透露了书斋狭小天地中的逸情别致。

《南宋楼遇急雨》中的"江山重复争供眼，风雨纵横乱入楼"一句，描绘了苍茫阔大的自然风景。一山一水，一草一木，一人一事，都成为陆游诗中的审

■ 南宋陆游行书《苦寒帖页》

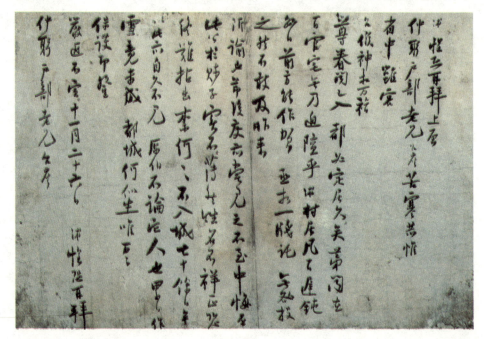

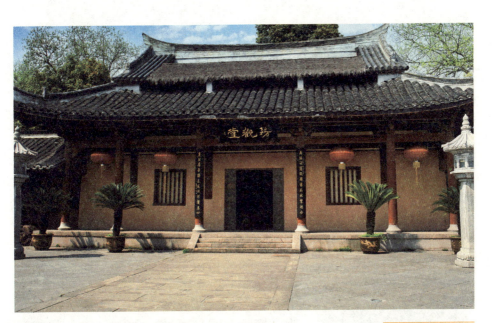

■ 陈列陆游手迹复
制品和碑刻、拓片
的沈园务观堂

美对象，寄托着他对生活的关注和热爱。

　　陆游诗歌的艺术成就是多方面的，他诗歌的基本特征是现实主义，但也具有浓厚的浪漫主义色彩，有时两者也会有机地结合起来。

　　陆游诗歌的现实主义性具体表现在他始终关怀国家民族的命运，不惜为国家牺牲，并相当全面地反映了他那个时代的特点。在表现手法上，陆游往往把巨大的现实内容压缩在一首短诗里，或通过用事来概括现实。

　　陆游诗歌的浪漫主义色彩具体表现在对理想的热烈追求，诗中具有丰富而瑰丽的想象，也有奇特的夸张。陆游无时无事不思及恢复，但现实屡令他失望，他只好以记梦来寄托抗敌复国的理想。

　　陆游的记梦诗有99首之多，大多言恢复之事。这便是他能以浪漫主义手法表达具有重大现实意义题材的原因。他善于将主观感受融入其中，体现出浪漫主

记梦诗 陆游生活在动乱年代，金国南侵，大批官员南逃，他幼年时就饱尝了颠沛流离之苦。在现实生活中他那如火燃烧的意愿，雄心勃勃的壮志未得一酬，都移到梦里，在梦里得到了痛快的实现。他把梦里实现的事情记下来，用诗的形式表现出来，所以，他的记梦诗里，大都是与杀敌和收复失地有关。

南宋陆游塑像

陆游

义与现实主义的相互渗透，从而形成了他瑰丽雄奇的独特诗风。

陆游诗歌众体兼备，又无体不工，尤善七言诗。如《长歌行》兼杜甫之沉郁顿挫和李白之豪放飘逸，特别是最后"国仇未报壮士老，匣中宝剑空有声。何当凯旋宴将士，三更雪压飞狐城"4句，笔力雄健，令人感奋不已。

陆游的诗语言通俗晓畅，明白如话，很多已成为日常用语，如"山重水复疑无路，柳暗花明又一村""位卑未敢忘忧国，事定犹须待阖棺"等，颇有感染力。

陆游继承了屈原、杜甫等人的爱国主义传统，将爱国主义诗歌推向一个新的境界，一个高不可及的巅峰。

阅读链接

陆游不但是不折不扣的爱国诗人，而且还是一位精通烹饪的专家，在他的诗词中，咏叹佳肴的足足有上百首，还记述了当时吴中和四川等地的佳肴美馔，其中有不少是对于饮食的独到见解。

陆游的烹饪技艺很高，常常亲自下厨掌勺，一次，他就地取材，用竹笋、蕨菜和野鸡等物，烹制出一桌丰盛的宴席，吃得宾客们"扪腹便便"，赞美不已。他对自己做的葱油面也很自负，认为味道可同神仙享用的"苏陀"，即油酥媲美。

陆游在《洞庭春色》一诗中说，有"人间定无可意，怎换得玉脍丝莼"的句子，这"玉脍"指的就是隋炀帝誉为"东南佳味"的"金齑玉脍"。"脍"是切成薄片的鱼片；"齑"就是切碎了的腌菜或酱菜，也引申为"细碎"。

其他著名诗人的创作成就

"南宋四大家"中除了陆游以外，其他三位杨万里、范成大、尤袤也各有不凡的成就。"南宋四大家"4人年龄相仿，而且是好友。其中尤袤留存下来的诗很少，其余3人名气都很大。

杨万里的诗开始学黄庭坚，后来改学晚唐诗歌，形成了自己活泼、平易、自然的风格。他的诗能直接从自然景物吸收题材，自然界的一切，大者如高山流水，小者如游蜂舞蝶，都能一一入诗。

杨万里画像

杨万里的师法自然、语言通俗、机智风趣的诗歌写法被南宋诗论家严羽《沧浪诗话》称为"杨诚斋体"。它的特点有3个方面：一是富于幽默诙谐的风趣；二是丰富新颖的想象；三是自然活泼的语言。

杨万里是一个比较关心国家命运的诗人，

他的《初入淮河四绝句》就是直接抒写爱国情感的作品，其一：

> 船离洪泽岸头沙，人到淮河意不佳。
> 何必桑乾方是远，中流以北即天涯！

其二：

> 刘岳张韩宣国威，赵张二相筑皇基。
> 长淮咫尺分南北，泪湿秋风欲怨谁？

范成大，以善写田园诗闻名。在范成大之前，一些诗人笔下只写农村的幽静闲适，不写农村的苦楚；一些诗人笔下农民的苦难表达得很充分，但极少有淳朴善良的风俗和生活情趣的描绘。

而范成大两者都写，他凭着爱的感情去写，凭着

■ 杨万里诗意图

高超的艺术造诣去写，因此说他的田园诗超迈往者，后来也没有人超得过他。

范成大的田园诗以《四时田园杂兴》为代表。这组诗分"春日""晚春""夏日""秋日""冬日"五组，共60首。这类诗歌像一幅不断展开的农村风俗画卷，展示了丰富多彩的宋代风土人情，富有浓郁的乡土气息。

范成大隶书石刻

其中《夏日田园杂兴十二绝》（其七）一诗，描写农村生活的紧张，大人一天到晚都在劳动。"童孙未解供耕织，也傍桑阴学种瓜"，写出了幼小的儿童也模仿大人，学着种瓜的情景，短短的一行字，孩童的天真可爱就跃然纸上。

此外，范成大还有反映社会现实和人民疾苦的诗作，代表作有《催租行》《后催租行》等，诗歌描摹真实感人，从诗中仿佛能听到苛重赋税下农民的呻吟声。

南宋中期以后，诗坛由"四灵派"和"江湖派"占领。永嘉四灵包括：徐照、徐玑、翁卷、赵师秀。4人的字或号里都有个"灵"字，故称"四灵"。"永嘉四灵"的诗以贾岛、姚合的诗为宗，诗风清新平易。

四灵反对理学对诗歌的束缚，也反对江西诗派的用事和晦涩，但他们的诗歌题材过于狭窄，多在题咏写景、幽情琐事和酬唱应答中打转，因此成就不大。

四灵稍后是"江湖诗派"，"江湖诗派"是由一个由江湖游士构成的松散创作群体。他们无固定组织，身份复杂，只是因为杭州书商陈起将他们的诗作汇集刊印，总名《江湖集》，"江湖诗派"之称方开始流传。

江湖诗派处境相似，多浪迹江湖，以卖文为生，长期的社会底层的经历使他们写出了一些反映农民和城市贫民生活的作品。其中，戴复古、刘克庄成就较大。戴复古擅长写一种浅显而比较口语化的诗作。刘克庄是一位理论与创作兼长的诗人。

南宋末期的诗歌以文天祥的爱国诗为代表，多记录国破家亡的痛苦，同时也记录了他忠于国事直至英勇就义的人生遭遇和心路历程，他的《过零丁洋》诗写道：

人生自古谁无死，留取丹心照汗青。

体现了他光照千古的人格，崇高的民族气节。此外，《正气歌》更是禀然正气，书写了他的忠义情怀，慷慨激昂，感人肺腑，给后人树立了爱国的榜样。

阅读链接

杨万里为官刚正，遇事敢言，指摘时弊，无所顾忌，因而始终没有得到大用。实际上杨万里本人也把仕宦富贵视为敝屣，随时准备唾弃。

杨万里为官清正廉洁，不扰百姓，不贪钱物。江东转运副使任满时，应有余钱万缗，他全弃之于官库，一文不取而归。退休后，仅有一座自家老屋避风雨。

当时诗人徐玑称赞他"清得门如水，贫惟带有金"，这正是他清贫一生的真实写照。杨万里的诗，在当时就有很大的影响，诗句"今日诗坛谁是主，诚斋诗律正施行。""四海诚斋独霸诗。"就有力地说明了这一点。

元代诗歌受南宋后期瘦硬生涩、气骨衰敝的诗风影响，诗歌没有形成自己的鲜明特色，在创作上也未取得突出的成就。

明代初期，诗歌创作有了不错的发展，刘基、高启、杨基、袁凯等人的诗歌创作富有现实内容，气象阔大。明代中叶，针砭现实、关心民瘼的题材和内容，成为诗歌创作的主流，明诗的气象真正开始展露出来。明代末年，以袁宗道、袁宏道、袁中道为领袖的公安派的诗歌具有畅抒襟怀、清新洒脱的风貌，充满了生机和活力。

进入清代，诗歌创作出现了中兴的局面，其成就超越了元明两代，一大批诗人，如顾炎武、黄宗羲、王夫之、王士禛等，为古代诗歌的发展写下了一个圆满的句号。

明清诗歌

明代初期诗歌呈现勃勃生机

　　明代初期，诗歌创作有一个相当不错的开局。生活在元代末年直至明代初期的一批作家，如刘基、高启等，由于亲历了改朝换代的巨大变迁，对种种灾难和痛苦有着切身体验，这自然加深了他们对社会、人生的认识，因而他们的诗歌创作富有现实内容，往往直抒胸臆，感情真挚，气象阔大，风格沉郁。

朱元璋与刘基

　　刘基，是明代的开国功臣之一，受到明太祖朱元璋的倚重。他的诗歌揭示了元代末期黑暗动荡的社会现实。其《畦桑词》《买马词》《赠周宗道六十四韵》等或控诉重敛伤民，或揭露元末官逼民反的真

午夜深沉庭院悄玉人寒
醒闲归妇鸟翘云眷……
斜罗袜生香凤鞋小莲……金
满路金步摇六铢衣薄裁
绞绡破颜一咲生百媚金
屋何须贮阿娇态妖娆……
三思宅嫦嫁迟缩无纵贴
空苎天碧疑是阳台为雨
鱼沉水底浪痕圆鹧落秋
归香汗氤氲兰麝飞暗……
寂眠卜灵课默无一语立
斜晖
李迪题

相，都不同程度地表示了对现实的忧虑。

刘基还有一篇长达1200多字的《二鬼》诗，诗中借写结邻和郁仪二鬼重整天地，为民造福，却被天帝猜疑捉拿之事，抒写自己抱负无法实现的苦闷。

高启，是明代诗歌成就最高的诗人。高启的文学思想，主张取法于汉魏唐宋各代，所以他的诗歌风格多样，学什么像什么，兼古人之所长，又自出新意。

清代史学家赵翼在《瓯北诗话》中评价高启的诗歌道：

一涉笔即有博大昌明气象，亦关有明一代文运。

《四库全书总目提要》对高启的评语是："天才高逸，实据明一代诗人之上。"实际上，从高启的成就就可以看出明初诗歌创作呈现出的勃勃生机。

高启做官只有3年，长期居于乡里，故其部分诗歌描写了农民劳动生活，如《牧牛词》《捕鱼词》《养

■ 高启的《题仕女图诗》

143

成就斐然

明清诗歌

《四库全书总目提要》编纂《四书全书》时，将"著录书""存目书"逐一撰写提要，于1781年汇编成此书。共200卷。是内容丰富、较系统的研究古典文献的重要工具书、解题式书目的代表作。

金陵 即南京。南京历史悠久，有着6000多年文明史、近2600年建城史和近500年的建都史，是我国四大古都之一，有"六朝古都""十朝都会"之称，是中华文明的重要发祥地。

蚕词》《射鸭词》《伐木词》《打麦词》《采茶词》《田家行》等。这些诗没有把田园生活理想化，而是在一定程度上反映了阶级剥削和人民疾苦。

如《湖州歌送陈太守》写：

草茫茫，水汨汨。

上田芜，下田没，

中田有麦牛尾稀，

种成未足输官物。

侯来桑下摇玉珂，

听侬试唱湖州歌。

湖州歌，悄终阕，

几家愁苦荒村月。

又如《练圻老人农隐》《过奉口战场》《闻长枪兵至出越城夜投龛山》《大水》等诗，还描写了农民在天灾兵燹下的苦难。这些作品都是高启诗歌中的精华部分。

高启的《明皇秉烛夜游图》，着力描写唐明皇沉湎酒色，忘怀国事，最终酿成安史之乱。全诗多从白居

■《明皇秉烛夜游图》

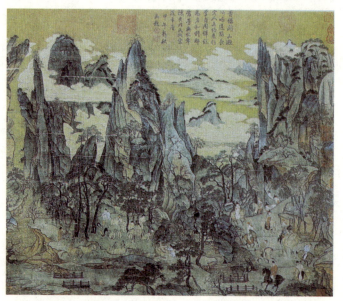

易《长恨歌》变化而来，但没有一语相袭，可见其诗歌艺术功力之深。

《登金陵雨花台望大江》一诗最能体现高启的艺术特色，试看：

坐觉苍茫万古意，远自荒烟落日之中来。
石头城下涛声怒，武骑千群谁敢渡？
黄旗入洛竟何祥，铁锁横江未为固。
前三国，后六朝，草生宫阙何萧萧！
英雄乘时务割据，几度战血流寒潮。
我生幸逢圣人起南国，祸乱初平事休息。
从今四海永为家，不用长江限南北。

■ 人物诗意图

从南京的形胜联想到历史上的割据，再联想到今天相对安定的生活，与满怀激情中又带有几多感慨、几分苍凉。

高启诗在艺术上有一定特色。他的某些诗崇尚写实，描摹景物时细致入微。如"江黄连渚雾，野白满田冰""鸟啄枯杨碎，虫悬落叶轻"等句，均产生于生活实感，新颖逼真。

高启的诗注重含蓄，韵味深长。如《凿渠谣》：

凿渠深，一十寻；凿渠广，八十丈。
凿渠未苦莫嗟吁，黄河曾开千丈余。

虽然只是寥寥数句，收煞处戛然而止，却能给人

太守 原为战国时代郡守的尊称。西汉景帝时，郡守改称太守，为一郡最高行政长官。历代沿置不改。南北朝时，新增州渐多。郡之辖境缩小，郡守权为州刺史所夺，州郡区别不大，至隋初遂存州废郡，以州刺史代郡守之任。此后太守不再是正式官名，仅用作刺史或知府的别称。明清则专称知府。

以深远的回味。

　　还有，高启的诗用典不多，力求通畅，有些只有数句的小诗，更具有民歌风味。如《子夜四时歌》：

　　红妆何草草，晚出南湖道。
　　不忍便回舟，荷花似郎好。

　　这些诗句明白如话，亲切动人。

　　明代诗坛上出现以"三杨"为代表的"台阁体"诗派。"三杨"即杨士奇、杨荣、杨溥，他们都是台阁重臣。台阁主要指当时的内阁和翰林院，台阁体则指当时的台阁重臣所形成的一种诗歌风格。

　　这些人所作的诗歌都是歌功颂德、粉饰太平的作品，其形式则是追求雍容华贵、典雅工丽，题材大都是应制、酬答和题赠，给人以枯燥乏味、平庸呆板的感觉。

　　与"台阁体"同时但风格迥异的是于谦的作品。他的咏物诗《石灰吟》：

　　千锤万凿出深山，烈火焚烧若等闲。
　　粉骨碎身全不怕，要留清白在人间。

■ 山水诗意图

翰林院　翰林院从唐代开始设立，初时为供职具有艺能人士的机构，自唐玄宗后，翰林分为两种，一种是翰林学士，供职于翰林学士院；一种是翰林供奉，供职于翰林院。翰林学士担当起草诏书的职责，翰林供奉则没有什么实权。

诗人借石灰自比，表达了自己不畏艰险、勇于牺牲的高尚情操和不凡的抱负。

"茶陵诗派"是继台阁体之后明代前期的又一个诗歌流派。针对台阁体的肤廓空泛，茶陵派以诗学汉唐相标榜，这种复古主张及其创作实践，产生了一定影响。因代表诗人李东阳是湖南茶陵人而得名。它形成并活跃于弘治至正德年间的诗坛。李东阳的成就最大。

李东阳的诗论着眼于形式，强调诗歌的体制、音节、声调、格律，忽视内容。因此，他写的大都是抒发封建士大夫情怀的应酬题赠诗作，缺乏现实内容，形式典雅工丽，诗歌视野比"三杨"开阔，但未能完全摆脱台阁体的弊端。

阅读链接

高启的一些诗给他引来了麻烦。他写得诗多次有意无意地触动和冒犯了明太祖朱元璋。高启曾写过一首《题宫女图》的诗："小犬隔花空吠影，夜深宫禁有谁来？"

这本是一首针对元顺帝宫闱隐私的闲散之作，与明代朝廷毫不相干，可朱元璋偏偏要对号入座，认为高启是在借古讽今挖苦自己，所以记恨在心。

高启在《青丘子歌》写有"不闻龙虎苦战斗"的诗句，这又遭到了朱元璋的强烈厌恶。因为高启写这首诗之时，正是朱元璋率军与强敌在"苦战、苦斗"之际，在朱元璋看来，你高启作为诗人不来呐喊助威倒也罢了，竟然表示不闻不问。

另外，高启在诗中还有"不肯折腰为五斗米"的句子，表示对做官毫无兴趣，这也正是朱元璋所忌恨的。据说，高启的死就和这些不合皇意的诗作有关。

复古中徘徊的明代后期诗歌

明中后期，文坛上出现了许多文学小集团或文学流派，著名的有前七子、后七子、唐宋派、公安派、竟陵派等。他们或同时并起，或先后相承，各自利用一定的文学传统，提出一定的文学主张，表现一定的创作倾向，互相排斥，此起彼伏。

明代中期诗歌以弘治、正德年间的"前七子"和嘉靖中期的"后七子"为主要代表。前七子对当前文坛理学气和太平气弥漫的现象甚为不满，认为这是造成诗歌情感匮乏和虚假的主要原因，因此主张诗歌超越宋人的说理，回到盛唐以情感为主的传统中去。

李梦阳画像

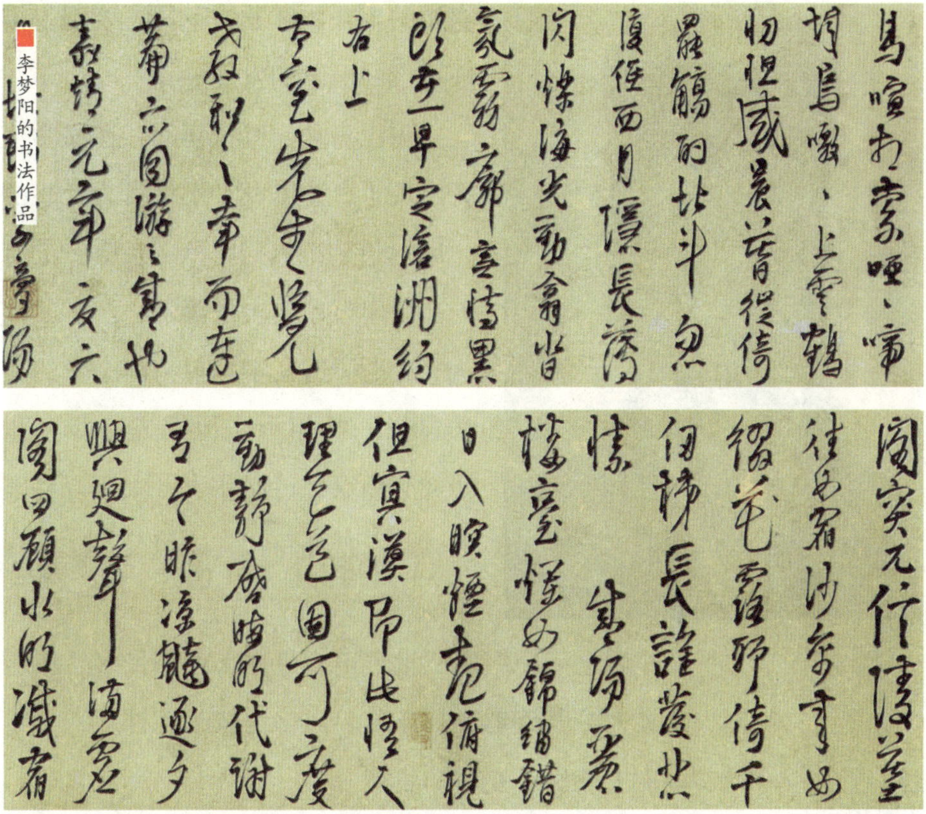

李梦阳的书法作品

　　前七子复古运动以李梦阳、何景明为首，包括边贡、徐祯卿、康海、王九思、王廷相。前七子提出"文必秦汉，诗必盛唐"的主张，这对扫除台阁体千篇一律、呆板单调的文风起到了一定的积极作用。

　　前七子还把目光投向民间，认为"真诗乃在民间"。但是，他们把秦汉时期古文当范本，刻意模仿，从而滋长了文坛模拟剽窃的风气，或以形式上的古奥艰深来掩盖内容的贫乏浅薄，虽然前七子的创作以拟古为主，内容相对贫乏浅薄，但是他们还是在两个方面取得了一定的成绩。

　　一是前七子由于自身的政治遭遇和干预时政的勇气，使得他们的诗歌某方面具有现实意义，如李梦阳的《石将军战场歌》《自从行》；何景明的《玄明宫行》《点兵行》等。

　　二是由于前七子的主情论调，在推崇盛唐诗歌的同时，也对情真

■ 李贽画像

诗的国度

诗的历史与艺术特色

江南 在历史上江南是一个文教发达、美丽富庶的地区，它反映了古代人民对美好生活的向往，是人们心目中的世外桃源。从古至今"江南"一直是个不断变化、富有伸缩性的地域概念。江南，意为长江之南面。在古代，江南往往代表着繁荣发达的文化教育和美丽富庶的水乡景象，区域大致为长江中下游南岸的地区。

意切的市井民歌非常重视，客观上推进了市井民歌的发展。

明代嘉靖、万历年间，在文学上又出现了以李攀龙、王世贞为代表的"后七子"，包括谢榛、宗臣、梁有誉、徐中行、吴国伦等7人。

后七子的文学思想与前七子的文学思想一脉相承，他们进一步主张"文必西汉，诗必盛唐，大历以后书勿读。"从而将拟古之风又一次推向了高潮。

后七子中，以王世贞声望最高，创作最多，影响也最大，其诗歌题材丰富，风格也较为多样化，一定程度上突破了复古的樊篱。

与前七子同时的江南一批画家兼诗人，以王慎中、唐顺之、归有光、茅坤等为首的"唐宋派"出现在文坛，他们最早起来反对拟古文学运动，继承南宋以来推崇韩愈、柳宗元、欧阳修、曾巩等唐宋时期古文名家的传统，提出"文从字顺"的主张来矫正前后七子的创作弊病。由于他们崇尚唐宋古文，因此称为"唐宋派"。

唐宋派在当时看到了拟古派给文学带来的危机，竭力反对文学复古，就这一点来说是进步的。归有光，字熙甫，江苏昆山人。他是"唐宋派"中成就最突出的一位作家。

诗歌并非归有光所长，文集40卷中，存诗仅一卷，多写人民生活惨状、官吏贪婪怯懦、倭寇的肆虐横行，如《郓州行寄友人》《海上纪事十四首》等。

明后期诗歌，在万历年间有了较大变化，那个时候复古运动已经渐渐消退，李贽竭力反对前后七子的文学复古主张，提出了"童心说"。李贽认为，所谓童心，也就是赤子之心和真情实感，是一种未被道学礼教所蒙蔽的内在情感。

在李贽看来，只有具有童心的文学，才是真文学。他明确申言："天下之至文，未有不出于童心焉者也。"李贽的学说具有反传统价值体系的色彩，对后面的公安诗派影响很大。

"公安派"是明代后期万历年间的一个诗文流派，主要以袁宏道、袁宗道、袁中道为代表。因"三袁"是湖北公安人，故称这个诗文流派为"公安派"。公安派理论核心的口号是"独抒性灵"。他们的诗文理论主要体现在3个方面：

一是认为诗文的发展方向不在于复古，而在于创新；二是反对诗文创作剽窃模拟，矫饰虚假，强调诗文创作要抒发自己的实际感受和独到见解；三是反对古奥艰涩、隐晦难懂的诗风，主张诗歌要意达辞畅。

公安派很好地将诗文理论贯穿到自己的诗文创作中，如袁宏道的《戏题斋壁》中："一作刀笔吏，通身埋故纸"；袁中道《听泉》中的"一月在寒松，两山如昼朗"等，

■ 落花独立图

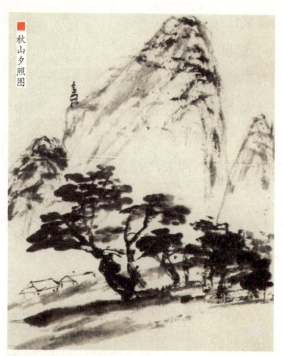
秋山夕照图

都是信手而出的佳作。

"竟陵派"是继公安派而起的一个诗文流派，其实两者在理论和实践上并无太大的差别，"竟陵派"只是力图纠正公安派末流的弊病。这一派的代表人物是钟惺、谭元春，因为他们都是湖北竟陵人，因而这一派得名"竟陵派"。

钟惺、谭元春曾经合力编选《诗归》，单行称《古诗归》《唐诗归》。在《诗归序》和评点中，他们积极宣扬自己的文学主张，风行一时，"竟陵派"因此而成为影响很大的诗派。

竟陵派在理论上接受公安派提出的独抒性灵的口号，但也看到了公安派的流弊在于俚俗、浅露、轻率的一面，他们追求用"幽深孤峭"的风格来纠正公安派的不足。提出"求古人真诗"，既学古，也学真，强调以自己的精神为主体去探求古人的精神所在，但他们过于追求自我意识，显示了一定的褊狭性。

"竟陵派"的诗偏重心理感觉，境界狭小，主观性太强，诗歌中的景象偏于寂寞荒寒，语言又生涩拗折，读来颇感幽塞不畅。

明末，阶级矛盾和民族矛盾日益尖锐，士人们强烈体会到家国之痛，他们将这种沉痛之感注入他们的诗歌中。这些士人中，陈子龙和夏完淳的创作最为出色。

陈子龙，长于诗歌，创作了不少感时伤事的作品，如《小车行》《卖儿行》《辽事杂诗》8首等。《秋日杂感》10首是他的代表作。夏

诗的历史与艺术特色

完淳，与陈子龙同是松江华亭人，是陈子龙的学生，也是一位爱国英雄，代表作《别云间》：

三年羁旅客，今日又南冠。

无限河山泪，谁言天地宽？

已知泉路近，欲别故乡难。

毅魄归来日，灵旗空际看。

诗作表达了作者一方面抱着此去誓死不屈的决心，一方面又对行将永别的故乡，流露出无限的依恋和深切的感叹。

这首诗作于秋季作者在故乡被清兵逮捕时，是一首悲壮慷慨的绝命诗。写出了作者对亡国的悲愤，以及壮志难酬的无奈。

阅读链接

竟陵派与公安派的审美趣味迥然不同，在这背后，又有着人生态度的不同。

公安派诗人虽然也有退缩的一面，但他们敢于怀疑和否定传统价值标准，敏锐地感受到社会压迫的痛苦，毕竟还是具有抗争意义的。他们喜好用浅露而富于色彩和动感的语言来表述对各种生活享受、生活情趣的追求，呈现内心的喜怒哀乐，显示着开放的、个性张扬的心态。

而竟陵派所追求的"深幽孤峭"的诗境，则表现着内敛的心态。他们的诗偏重心里感觉，境界小，主观性强，喜欢写寂寞荒寒乃至阴森的景象，语言又生涩拗折，常破坏常规的语法、音节，使用奇怪的字面，每每教人感到气息不顺。他们对活跃的世俗生活没有什么兴趣，所关注的是虚渺出世的"精神"。他们标榜"孤行""孤情""孤诣"。从思想境界来看，公安派要超越竟陵派。

清初遗民诗和中期诗歌理论

清代初期，由明代入清代的很多知识分子割不断故国之情，忠实地恪守着民族气节，他们的诗哀故国、悲往事、望恢复、明志节，这批诗人代表有顾炎武、黄宗羲、王夫之、钱谦益、吴伟业等。

顾炎武画像

顾炎武，与黄宗羲、王夫之并称"明末清初三大儒"。顾炎武的诗多伤时感事之作。诗平实不尚藻饰，是"主性情、不贵奇巧"的学者诗，持重、沉郁、苍凉的风格中可见杜甫诗的神韵。

黄宗羲，学问极博，思想深邃，著作宏富，他的诗强调抒写现实，如《周公瑾砚》：

剩山残水字句饶，

剡源仁近共推敲。

砚中斑驳遗民泪，

井底千年恨未消。

诗中亡国之恨，故国之思，不加遮拦地溢出笔端。

王夫之的诗后人评其为"含婀娜于刚健，有《风》《骚》之遗则"。王夫之最推崇屈原，并承继了其忧国忧民的爱国情怀和以美人香草寄托比兴的艺术风格。

■ 王夫之画像

王夫之的《正落花诗十首》之一诗中五六句脱化于屈原《橘颂》中的"受命不欠，生南国兮"的语句，用花去香消树仍青青来表明自己志节不改，浩气长存。

清代初期诗风多样，其中能左右诗风，影响远播的诗人是钱谦益、吴伟业。钱谦益，在明末清初诗坛上有着非常重要的地位，他编有广罗明代诗歌的《列朝诗集》，并在《小传》部分通过对各家的褒贬、评论阐发自己的诗歌主张。

钱谦益不仅重视唐诗，也重视宋诗，由此开了清人宗宋的风气，成为明清诗歌变化的一大转折。他的诗将唐诗与宋诗的特点结合在一起，善于用典，富于辞藻，善于抒情，长于近体，具有鲜明的艺术特色。

钱谦益能以《后秋兴》13组124首诗与杜甫《秋

砚 也称"砚台"。用毛笔写字蘸墨的容器，文房四宝之一，最常见的砚台的制作材料是石材。来自广东端溪的端砚，来自安徽歙县的歙砚，来自甘肃南部的洮砚，来自河南洛阳的澄泥砚，这4种砚台被称为"中国四大名砚"。

兴八首》叶韵唱和，学杜甫而不拘泥，足证其艺术造诣之深。

吴伟业，早期的诗歌显得较为清丽，而在明末清初的社会大动荡中，他写的诗歌多以重大历史事件为背景，更多地关心具体个人在历史中的命运。

《圆圆曲》是吴伟业的歌行体诗，通过名妓陈圆圆与吴三桂的悲欢离合，描写吴三桂降清导致明代灭亡的重大历史事件，将风情万种的儿女私情与波谲云诡的重大政治事件结合在一起。

诗中对陈圆圆曲折坎坷的经历充满了同情。"恸哭六军俱缟素，冲冠一怒为红颜"，对吴三桂虽有婉曲的嘲讽，却又带有颇多的同情。像《圆圆曲》这样的诗，用七言歌行写成，兼具"初唐四杰"和白居易诗歌的神韵，深情婉转，韵味悠扬。

除《圆圆曲》外，吴伟业还写有《永和宫词》《琵琶行》《雁门尚书行》等七言歌行，一直被世人传诵。

钱谦益画像

在清代初期诗坛上，"南施北宋"也是有影响的诗人。"南施"，即施闰章。施闰章，对百姓的疾苦感触至深，诗中的诚挚同情溢于言表。他还写有工于写景的诗。这些诗作自然流畅，绘声绘色，景象万千，颇具盛唐王维、孟浩然的风度。

"北宋"，即宋琬。宋琬一生坎坷，连遭大难，写下的诗歌多反映被逮捕、被关押的生平遭遇，其感慨时世和悲苦怨懑之词充斥诗篇。他五、七言古体篇幅严密，淳雅凝练，格调苍茫。

王士禛，在清代初期诗人中最著名，倡导"神韵说"，即在诗歌的艺术表现上追求一种空寂超逸、镜花水月、不着形迹的境界。王士禛遵从"神韵说"，他的诗追求淡远空灵、委婉蕴藉的风格。

王士禛早年的成名之作《秋柳》4首表现出意旨朦胧，情境悠远的特点，而《秦淮杂诗》二十首更是得到人们的竞相传写。

清代中叶，诗坛涌现了很多著名诗人，其中成就和影响最大的为性灵派诗人，代表诗人为袁枚，此外，还有持"格调说"诗人沈德潜、持"肌理说"的诗人翁方纲。

■ 王士禛画像

袁枚诗主"性灵说"，"性"即性情、情感，"灵"即灵思、灵趣。他的4000余首古今体诗作，就体现了其性灵说的美学追求。

袁枚主张作诗要有真性情，要有个性和诗才。性情是诗的根本，性情以外本无诗；性情要表现出诗人独特的个性，作诗不可无我；诗人必须有才，"诗人无才，不能役典籍，运心灵"。

袁枚创作了许多真实动人、灵趣盎然、清新活泼的性灵诗，不仅是当时诗坛的异军别派，也对近现代诗歌的新变产生了影响。他的旅游诗真率自然，清新灵动。此外，他还有大量的咏史诗。

沈德潜，他论诗标榜"格调说"。所谓"格"，指诗歌体制上的合乎规格；所谓"调"，指诗歌的声

歌行体 "歌行"是我国古代诗歌的一种体裁，是初唐时期在汉魏六朝乐府诗的基础上建立起来的。"歌行体"为南代宋鲍照模拟和学习乐府，经过充分地消化吸收和熔铸创造，不仅得其风神气骨，自创格调，而且其发展了七言诗，创造了以七言体为主的歌行体。

调音律。

沈德潜的"格调说"推崇唐诗，重视体制格调，决定了他在诗歌风格上尊崇雄豪壮阔的境界。他对"神韵说"提倡的清远冲淡的诗风很是不满，而对杜甫的"宏才卓识，盛气大力"给予高度称赞。

沈德潜认为在作诗的态度上，必须"一归于温柔敦厚"，"怨而不怒"；在作诗方法上，必须讲究比兴、"蕴蓄"，不能"发露"。

翁方纲，他论诗主"肌理说"，宗法宋诗，强调写诗重在读书，有学问，有方法。翁方纲的"肌理说"对矫正"神韵说"的虚渺、"格调说"的空套有一定的意义，但过分强调学问在创作中的作用，忽视作家的才情和活生生的生活，也使他的诗论没有大的成就。

诗的历史与艺术特色

阅读链接

王士禛之前，虽有许多人谈到过神韵，但还没有把它看成是诗歌创作的根本问题，而且在相当长的一段时期内，神韵的概念也没有固定的、明确的说法，只是大体上用来指和形似相对立的神似、气韵、风神一类内容。到王士禛，才把神韵作为诗歌创作的根本要求提出来。

王士禛早年编选过《神韵集》，有意识地提倡神韵说，不过关于神韵说的内涵，也不曾作过专门的论述，只是在许多关于诗文的片断评语中，表述了他的见解。

神韵为诗中最高境界，王士禛提倡神韵，自无可厚非。但并非只有空寂超逸，才有神韵。神韵并非诗之作品所独有，而为各品之好诗所共有。王士禛将神韵视为逸品所独具，是其偏失之处。

与时代同呼吸的清代后期诗歌

　　清代后期，社会状况复杂，经世致用的思潮波涛汹涌，新思潮的汹涌澎湃震荡着传统文坛，这一时期留下了众多揭露时弊和抒发忧国之情的诗篇，作为时代的记录，有其特殊意义。这时期的代表诗人有林则徐、龚自珍、魏源、黄遵宪、康有为、梁启超等。

林则徐画像

　　以虎门销烟而名垂史册的林则徐，并不以诗著称，但由于地位与经历的关系，他的诗作对了解鸦片战争前后的形势有重要的价值。他谪戍伊犁时所作《赴戍登程口占示家人》《出嘉峪关感赋》等，表达了其忧念时事、以身许国的热情。

　　前一首中"苟利国家生死以，

举人 原意是被荐举之人。汉代取士，无考试之法，朝廷令郡国守相荐举贤才，因以"举人"称所举之人。唐宋时期有进士科，凡应科目经有司贡举者，通谓之举人。至明清时期，则称乡试中试的人为举人，也称大会状、大春元。

岂因祸福避趋之"是他常吟诵的句子，从中可以感受到一个正直的政治家的心迹。

龚自珍，自幼接受了良好的传统文化教育，才思过人，胸怀远大。他27岁中举人，38岁中进士，曾任内阁中书、宗人府主事和礼部主事等官职。

龚自珍的诗文创作，是走向近代文学的新篇章，他的诗作，将抒情、政论和艺术形象有机地统一在一起，具有丰富的奇异想象和艺术形象，而且形式多样，风格多样，语言清新多彩，不拘一格。

龚自珍的《己亥杂诗·九州生气恃风雷》原是一首应道士请求而作的祭神诗，诗人借题发挥，以"我劝天公重抖擞，不拘一格降人才"，大声疾呼让各种优秀人才脱颖而出，寄托了诗人对当时黑暗沉闷现实的强烈不满。

魏源和龚自珍是好友。他是一位有见识的学者和思想家，曾受林则徐嘱托编纂叙述各国历史地理的《海国图志》，为中国放开眼界看世界的先驱者之一。书中提出"师夷长技以制夷"，代表了那个时代进步的士大夫中一种比较普遍的思想。

■ 龚自珍（1792—1841），字璱人，号定盦，曾字尔玉，更名易简，字伯定，再更名为巩祚。生于清代浙江仁和，即浙江省杭州。清朝中后期著名思想家、文学家。他主张革除弊政，抵制外国侵略。所写《己亥杂诗》315首，是他一生中思想的精华，其诗风瑰丽奇肆，被柳亚子誉为："三百年来第一流"。龚自珍诗现存700首左右，辑有《龚自珍全集》。

魏源的不少诗篇，如《江南吟十章》《寰海十章》及《后十章》《秋兴十章》等，都是议论时事、抒写感愤的政治诗。所表达的见解，主要是在坚持中国固有传统的前提下反对闭关自守、主张学习西方技术，具有历史价值。

同时，魏源的政治诗直叙胸臆，诗体也比较解放，不过诗中用典与议论偏多，有时直书其事，一定程度上削弱了诗的意象与美感。

■ 魏源画像

在普通的抒情诗篇中，魏源的山水诗很有名。他喜欢写雄壮奇伟的景象，《太室行》《钱塘观潮行》《天台石梁雨后观瀑歌》《湘江舟行》等均有此种特点，可以看出作者豪迈活跃的个性。

另外，魏源的咏史诗也颇为人称赏。《金陵怀古》之一中的两联：

只今雨雪千帆北，自古云涛万马东。
千载江山风月我，百年身世去来鸿。

姚燮，道光时举人。他写有很多关于鸦片战争时事和有关社会情况的诗篇，有"诗史"的特点。《哀江南诗五叠秋兴韵八章》之二，写陈化成之战死：

《海国图志》
清代晚期学者魏源受林则徐嘱托而编著的一部世界地理历史知识的综合性图书。全书详细叙述了世界舆地和各国历史政制、风土人情，主张学习西方的科学技术，是一部具有划时代意义的巨著。

飓风卷纛七星斜，

白发元戎误岁华，

隘岸射潮无劲弩，

高天贯月有枯槎。

募军可按冯唐籍，

解阵空吹越石笳。

最惜吴淞春水弱，

晚红漂尽细林花。

■ 黄遵宪像

这一时期诗人关涉时政的诗篇，无论歌颂还是讥讽，通常都写得比较夸张。这首诗从年老的陈化成无力支撑颓势落笔，流露了深深的哀痛和同情，也反映了作者对时局的感受，所以能够打动人。

黄遵宪，是诗界革命的旗帜，但是黄遵宪不以诗人自居，用他自己的话说是"余事作诗人"，但是他在诗歌创作方面有很高的成就。

黄遵宪在诗界革命中，不仅在理论方面对诗歌的革新进行了可贵的探讨，还创作了大量的新诗，成为诗界不折不扣的一面旗帜。他的诗歌有《人境庐诗草》《人境庐集外诗辑》等共1000多首。

黄遵宪的诗不受内容形式的限制，开辟了我国诗歌史上从未有过的广阔领域。

黄遵宪在创作上勇于推陈出新，既借鉴古人成果，又从民歌中吸取养分。他的诗歌形象鲜明，用典贴切、词汇丰富，才思敏捷，他的诗改变了唐宋时期

笳 古代北方民族的一种吹奏乐器，形制似笛，通常称"胡笳"。汉代传入中原，后在形制上有所变化，将芦叶制成的哨插入管中，遂成为管制的双簧乐器，是汉代鼓乐中的主要乐器。

以后诗歌创作沉迷于拟古的方法，更新了诗歌意象，开始了旧体诗向新体诗的过渡。

康有为，是戊戌变法的发动者。康有为为人雄强自负，其诗亦气势不凡。如《登万里长城》之一：

秦时楼堞汉家营，匹马高秋抚旧城。

鞭石千峰上云汉，连天万里压幽并。

东穷碧海群山立，西带黄河落日明。

且勿却胡论功绩，英雄造事令人惊！

诗中景象宏伟，诗人自我的精神形象也异常高大。第三句把神人鞭石下海为秦始皇造石桥的传说改为鞭石上山，以表现英雄人物驱使一切的非凡力量。

梁启超，早年曾拜康有为为师，是戊戌变法的核心人物之一。梁启超学问博杂，笔力纵横，著作丰富，有《饮冰室合集》。他的诗作《太平洋遇雨》：

一雨纵横亘二洲，

浪淘天地入东流。

却余人物淘难尽，

又挟风雷作远游。

梁启超画像

这首诗作于梁启超于戊戌变法失败后亡命海外时，但诗中境界宏阔，意气飞扬，绝无沮丧之色。

梁启超提出了"诗界革命"的

口号，力图把已有的诗歌变革推向深入，在《夏威夷游记》中，梁启超就"诗界革命"的方向提出要兼备三长：一为"新意境"。主要指诗的题材、内容方面要进入"新意境"；二为"新语句"；三为"以古人之风格入之"。

章炳麟，甲午战争后从事政治活动。章太炎精通文字学，好用古字，但一首《狱中赠邹容》却写得极为明快：

> 邹容吾小弟，被发下瀛州。
> 快剪刀除辫，干牛肉作餱。
> 英雄一入狱，天地亦悲秋。
> 临命须掺手，乾坤只两头。

诗写得不甚讲究，但气度轩昂。后4句集中抒情，谓偌大乾坤，只两颗好头颅，写出豪杰气概。

阅读链接

"宋诗运动"是清代晚期重要诗歌派别之一。道光、咸丰时期，诗体也发生了变化，其方向是"宗宋"或"学宋"。所谓"宋"与"宋诗"，概指以苏轼、黄庭坚为主的宋人诗风。"学宋"大体上是提倡以学问补充性情之不足，以文法入诗，同时以宋诗的开拓精神去扩大表现范围。

"宋诗运动"这一诗派发展分3个时期：道光、咸丰之际为第一期，程恩泽等人首倡，何绍基、郑珍为重要人物；咸丰、同治之际为第二期，曾国藩为其首领；光绪、宣统至民国初为第三期，"同光体"为其代表。